我在每一次告白後死去

Back to the Day

何守琦 著

即使距離死亡只剩一秒，
我也想要，
成為妳的英雄。

奇幻×青春勇氣

一段超越時空的
動人愛戀

1

「蘇珊颱風已轉爲中颱，預計晚間六點發布陸上颱風警報，請民眾盡量避免外出，做好防颱工作……」

車外的雨聲越來越大，我調快雨刷的速度，放慢車速，因為雨勢實在太大。我的眉頭越皺越緊，雨刷的歇斯底里令人煩躁。

一年幾萬公里的里程數，對這行來說習以為常。往返高速公路的趟數，換成搭飛機，不知道可以升等幾次。

一天有四、五個小時在車上，以前手機還不能上網的時候，導航需要靠車上的三本地圖，娛樂需要靠車上的收音機，所以我開始背下路上的風景、背下測速照相的位置、背下廣播節目的時間。有時關了收音機，車內沒有聲音，只剩我和車子一起追風、淋雨、數著懸日落下的秒數。

車內成了絕對大的個人空間。車外在移動，車內的心卻很安靜。

十年來日復一日的旅程，途中不乏狂風暴雨，雨勢大到視線不清楚，只剩前方車在閃黃燈。但沒有一次像今天這樣，讓人如此煩躁。

打開電臺頻道，熟悉的旋律傳來：想踮起腳尖找尋愛，遠遠的存在……

我心裡一驚，想起昨天怪異的夢境。

等你回過頭來。

我在大雨中速度越來越慢，原本開在最內側，打了方向燈想移動至中間車道。歌曲最後一個音符落下，我突然從後照鏡看到一臺車快速接近，似乎沒有看到我正在變換車道。砰的一聲，車的右後方被撞上，我急忙想把車拉回內側車道，但車輪因為雨的關係難以控制，方向盤變得無比沉重。

眼見車即將撞上中間護欄，我用盡力氣把方向盤穩住，冷汗直流。但剛剛撞上我的那臺車，竟然一路滑向路肩，擦撞外圍護欄，蛇行往我側邊用力的撞上來！

這不是電影裡正反派公路追逐戰，才會出現的情節嗎？

隨即聽到車子的右邊發出巨大聲響。「砰！」我想起當兵打靶，震耳欲聾的聲音。

眼前的景色三百六十度翻滾，就像坐雲霄飛車那樣，車頂也發出巨大聲響。我想車頂爛了。

第一圈翻完，緊接著是第二圈。眼前的擋風玻璃應聲碎裂，像是水球炸裂一般。我意外的冷靜，應該說是無能為力，只能任由推力、拉力、扭力、重力擺布。

應該只過了三、四秒，但車子在高速狀態下翻了幾圈。

我要死了嗎？

2

我在小房間裡，沒開燈，黃昏的光線從唯一的窗戶透進來。

吉他剛換好新弦，聲音清亮。手指直覺的撥弦，一個八拍，重複彈奏。

「一直覺得這首歌很適合妳唱。」腦海浮現我那時說這句話的情景。

「是因為歌詞嗎？」她問。

「也不是，就是覺得妳唱會很好聽。」我說的是〈踮起腳尖愛〉這首歌。

「我也覺得。」她說完輕笑了一聲。

聽到歌詞，彷彿看見一個女孩踮起腳尖，旋轉跳舞。我總想著，女孩揮灑汗水的同時，笑容背後是否藏了很多不願意想的事。

所以她盡情跳著，因為一停下來，那些過去的傷痕、挫折和淚水，便又揮之不去。

「希望有一天能聽妳唱。」

「好啊。」她說。

想聽她唱，是因為我需要她的勇敢。能否在歌聲中偷取一些？

人的一生，有很多場景很難忘，常常經由聲音、味道或是某些物件的暗示，再一次身臨其境。

透過一個八拍的前奏，我不斷想起那時自己做過的決定。

如果再來一次，我是不是會做出不同選擇？

因為不可能回到過去，我其實永遠不會知道答案，需要說服自己不要後悔，才能繼續往前走。

但是，如果真的有一個八拍的時間回到過去，我會不會把握機會說「要」或「不要」？還是會把那些迂迴的試探拿掉，直接說出心裡的話？

「一直覺得這首歌很適合妳唱。」我再度回到這個場景。

「是因為歌詞嗎？」她問。

「也不是，就是覺得妳唱會很好聽。」

「我也覺得。」她說完輕笑了一聲。

對話又重演了一次。

接下來這句是關鍵了，要直白的說：「我很喜歡妳，請跟我交往！」或是文青的說：「我透過歌聲看到妳的勇敢，請在我身邊給我力量。」

其實再次回到現場，根本沒有心理準備。

「下次唱給你聽吧！」她說。

「喔，好。」我回答了史上最爛的答案。

八拍過了，我愣在小房間裡。

人生太難，根本不是能不能回到過去的問題。

窗戶透進來的光線漸漸淡了，黑暗蔓延了整個空間，如同我的無奈。

3

我要死了嗎？

才剛閃過這個念頭，身旁的景物突然靜止了，窗外的雨滴也凝結了。我慢慢的離開駕駛座，往上飄。

緊張、痛苦、疑惑，剎那間都消失了，一下子變得無比輕鬆。

一道光從遠方緩緩靠近，光線無比強烈。

我直覺的閉上眼睛，卻發現並不刺眼，瞳孔好像可以接受全部的光。

我並不難過，卻不斷掉淚。

心裡有一種前所未有的孤單，同時又充滿溫暖。就像是一個人在炙熱陽光下，獨自落淚。

光帶來的熱能滲入每一吋皮膚，水蒸氣從我身上不斷冒出，身體越來越輕，彷彿化成一縷煙，透明無色，緩緩上升。

眼皮很重，像是哭了一整夜，充滿疲憊。

我不自覺的隨著水蒸氣往上飄。即將失去作用的大腦告訴我，該說再見了。

一瞬間我看到人生中，那些傷心的離別。

小學新生第一天，我望向教室窗外，原本還在揮手的阿嬤消失了。當兵懇親結束，眼看家人離去，我還留在營區裡。一個人的旅行開始，坐在莒光號上，看著故鄉快速往後的風景。趕了夜車回去，阿嬤躺在病床上，早已沒了氣息，舅舅和舅媽在床邊，不斷落淚。最後一次看見她，她笑著揮手道別。

我感到無比的悲傷，卻失去哭的能力。

大腦不斷告訴我該忘了，我卻不知為何死命的抓住那些回憶。

每當複誦那些傷心記憶，身體又重了一些。

光要把我帶向祂，但我與祂拉扯，像是堅韌的鋼索，兩端用力拉著，互不相讓，出現異聲，幾近斷裂。

僵持了很久。

「可以了吧？」

突然一個聲音出現在我腦海。

我跌回駕駛座上，許多擋風玻璃的碎片急速向我飛來，其中一片正刺向我的眉心，停止的瞬間，尖銳的碎片懸在我眼前。

「我沒死嗎？」我搞不清楚狀況。

「你夠了吧？為何不安心的走？」

「如果我死了，會有人記得我嗎？」

「這個問題無解。因為你已經死了，已經離開這個世界。」

「所以這些都不重要了嗎？」

「既然都已經離開了，還有什麼重要的？」

「如果還有未完成的事，未完成的心願，可以不離開嗎？」

「不行。不行。不行。」

三次堅定拒絕後，我陷入長久的沉默。

「我這輩子，白走一遭了嗎？」

「沒有什麼是徒勞無功的。正是因為離開了，所以考驗結束了。那些強大的快樂和悲傷，都只是一紙試題，分數從來都不重要。重要的是你經歷了這一些，就夠豐富了。」

「那為什麼我想哭？」

「離別總是帶淚吧。」

「我以為是因為沒有人會記得我。」

「不。一定有的。」

「那我能帶一些東西走嗎？」

「帶什麼？」

「一個答案。」

4

經過剛才那些回憶和自我對話，讓我幾乎忘了現在的處境。

看看周圍，我正坐在翻車中的駕駛座上，而這臺車正在翻第二圈，車頂剛撞擊完地面又飛起來，下一秒左車門就要著地。

但時間靜止了。

我眼前的擋風玻璃已經碎裂，向車內外四處飛濺，好幾片飛向我的身體，其中一片鋒利的玻璃飛向我的眉心，大概只差五、六公分就要刺進額頭。

所有動作都停了下來，我動彈不得，但意識清楚，頭部還可以稍微活動。

現在到底是什麼情形？我到底是死了還是活著？或者這就是死後的世界？

我從驚恐、疑惑到絕望。如果這就是死後的世界，會不會要維持這個狀態五十年、一百年？

太安靜了，雨聲停了，連風聲都沒有。

「你為什麼要標新立異？」

副駕駛座突然傳來聲音，我嚇了一跳。一團像是人形的黑影坐在副駕駛座上。

是鬼嗎？

「我不是鬼。」

黑影竟然聽得到我的心聲？

「我當然聽得到你的心聲，廣義的來說，我是神。」

那團黑影慢慢化成一名少女，她惡狠狠的瞪著我。

「該走的時候就要離開，沒見過你這種死賴著不走的。」

雖然眼前狀況很難理解，但我還是禮貌的問：「請問妳是誰？」

「牛頭馬面。」她說。

「不好意思，我不是故意要吐槽。但牛頭馬面應該是兩個人，一個是牛頭，一個是馬面……」

「那不重要！」她生氣了，「照理來說，我根本不該出現在你面前。因為幾乎沒有人會拒絕『白光』。」

「妳是說剛才那道快把我吸走的光嗎？我覺得那不算白光，頂多是Y的百分之十。」

她一臉孤疑。

「不好意思，我說的是印刷用色CMYK。我是出版業，職業病。」

「我知道。」她回答。

「妳也知道印刷四分色？」

「不是！我知道你是出版業。」她看起來很無奈。

「陳大樹，你今年三十五歲，正值婚姻和事業衝刺的年紀，卻活得像個死人。不談戀愛、不喜歡外出、一天只吃一餐、每天要喝酒才睡得著。這樣的你，不出車禍也離死亡不遠了吧?」

「所以妳是死神?」我問。

「不算是。人世間很多稱呼我們的方式:陰間使者、牛頭馬面、七爺八爺、勾魂使者、閻羅王的差使、地獄使者等等。」她微笑,「但我個人喜歡被稱呼為帶路人,你也可以這麼叫我。」

「所以我死了嗎?」

「理論上是,但實際上還沒。在離開人世到死後世界,絕大多數的人會不自覺的被白光吸引,然後到達死後的世界。這中間的過程,其實帶路人並不會出現在死者面前。」

「那……我為什麼在這裡?」

「你說呢?」帶路人瞪大眼睛看著我。

「白光來的時候,你強大的意志不願意跟著祂走。」她嘆了一口氣。

「所以我算是死而復生了嗎?」我燃起一線希望,原來強大的意志力可以讓我躲過死亡?

「當然不是,你比較像是放棄特權。」

「特權?」

「人在死去的那一刻,意志和一些剩餘能量會被抽離肉身,被白光吸走。死亡前的幾秒鐘往往是最痛苦的,幾乎所有人都必須經歷這種痛苦,這就是人生的最後一段路。」

「妳剛剛說『幾乎』所有人?所以我是少數嗎?」

「對一個要死的人來說,你的腦袋還滿清楚的。少數人可以不用經歷這種痛苦,在死亡前的幾秒鐘、甚至幾毫秒，就先離開。」

「如果這幾秒鐘我正好被救活了，豈不是變相的被殺死了？」我從小就很愛找問題的漏洞，想不到在這個節骨眼，我還是一樣。

「事實上，在宇宙裡是沒有意外的。意外是一種人類的主觀認定。」

「好吧，所以妳的意思是我是天選之子，但我的特權只有死得比較輕鬆，然後還笨到放棄了這個特權？」

「請你尊重死亡這件事，這是人生大事。而且你不是什麼天選之子，你是『受福者』。」

「那是什麼？」

「你會擁有這種特權，並不是你燒好香、做好事，我們的評斷方式是你在世時，接受到多少充滿愛的祝福。祝福分很多種，大多是口惠實不至，心口不一，但真正打從心底的祝福是充滿力量的。就算你當時感受不到，這股力量也不會輕易離開你的身上，會一直跟著你到人生最後。看來你接受非常多的真心祝福，多到可以成為受福者。」

「我不相信，世界上沒有這種人。」我說。

「這是事實，無所謂相不相信。每個人的人生都有必須練習的課題，有必須覺悟的事。這些課題多元複雜，不一定每個人都能完成，就算未完成，也會帶著學習的經驗，回歸宇宙。所以每個人都只是差使，個人的後悔、執著並不重要，我們都只是滄海一粟。」

「說實在的，我聽不太懂。」對於死後的事，我想也沒有人會了解吧？

「重點就是你現在必須走完死前最後這幾秒。」帶路人邊說邊指著我眼前的玻璃碎片，

「看起來，你就是因為這些碎片而死的。感覺真痛。」她笑了一下。

我想她應該是各種死法看多了，所以沒什麼同情心。

「不要偷罵我。」帶路人又聽到了我的心聲，「死亡只是一個過程，可能有些痛苦，但其實並不可怕。」

「妳說得對，這些尖銳的玻璃碎片看久了也滿可愛的……才怪！」不能偷偷想，我乾脆直接說了。

「哈哈哈……原來你是個有趣的人，還能開玩笑，那我們就可以趕快把剩下的程序走完了。」

剩下的程序，該不會是我眼前的這些碎片？我用力閉上眼睛，等著下一秒它們刺穿我的腦袋。

「你不用急，在那之前還有最後一段路要走。」帶路人說。

「最後一段路？」

「你聽過人生跑馬燈嗎？就是在死前，人們會看到自己的人生跑過眼前。」

「跑馬燈是真的？」我瞪大眼睛看著她，雖然尖銳的碎片在我眼前。

「就像我剛剛說的，人生就是課題，臨走之人應該複習他們在生前的那些事。通常走完跑馬燈後，就能放下遺憾，安心離開。」

「其實剛剛在白光來的時候，我就已經看到很多回憶的片段，那不是跑馬燈嗎？」我問。

「那是你生前最後悔的幾段回憶，那些後悔形成強大的意志力，讓你能清醒著跟我說話。一般人都是在迷茫之中，快速的走過人生跑馬燈，不走完人生跑馬燈是無法離開的，唯有真正體悟人生的意義，靈魂才能昇華，白光才會出現。但是現在情況特殊，你的意識太清楚了。」

「所以我要……等待？說真的，剛翻車的時候我很害怕，但現在這樣要死不死的，我只覺得很無奈。」畢竟我坐在倒立傾斜的車內，跟一個不算人的東西談話，怎麼想都很詭異，難道要一直這樣下去？

「現在要靠一些輔助。」她指著我的頭，「人的大腦把重要的回憶放在深層記憶中，往往會透過視覺、聽覺或是嗅覺去喚醒。嗅覺的強度最強，其次是聽覺，最後是視覺。」

帶路人把掌心靠近她的脣邊，像是吹了一個飛吻一樣，對我吹氣。

我聞到麵包的味道。

是餓了嗎？

5

那就像走進一間傳統的麵包店。

推開玻璃門，門上的風鈴響了幾聲，櫃檯內的老闆娘轉頭看我。她是四十多歲的婦人，臉上未施脂粉，微胖的身材圍了一條圍裙。

店內的CD播放器看起來很有歷史了，播放著劉德華的老歌。應該是九〇年代的某張專輯，排序在後段的曲目，較少人傳唱，某些時候偶然聽到，令人懷念。

我拿了托盤和夾子挑選麵包，發現這間麵包店沒有任何創意口味，沒有時下流行的任何元素，非常復古。架上陳列著一小袋的小西點，像是臺版馬卡龍，一袋十個只要三十元；沒有口味分別的菠蘿麵包，在中間夾著草莓果醬，撒上滿滿的椰絲。

我站在麵包櫃前，感受九〇年代的懷舊。

店內沒有華麗的裝潢，只有因為聖誕節快到了，應景布置的舊裝飾。櫥窗的角落，掛了一些槲寄生。

我想起了黃靜芸。

那年的十二月二十五日，夜晚下了場雨，我們躲在麵包店門口的屋簷下。

「有槲寄生！」她突然大叫。

「什麼生？」我一頭霧水。

靜芸看了我一下，臉頰發紅。

高中時的我，哪知道什麼槲寄生？我充其量只知道留學生、轉學生，也許還知道同級生。

她沒有再說話，我也是。雨不大，但我倆好像只能專心聽雨聲。

「你……」她欲言又止。

「妳的門禁是幾點？」我白目的打斷她的話。

「九點。」她低著頭，音量很微弱。

我看了看手錶，八點三十五分。「早知道就不走這麼遠了。希望等等雨會小一點，我就能送妳去坐公車，讓妳來得及回家。」我自顧自的說。

「今天是聖誕節。」她像是硬擠出這句話。

「聖誕快樂！」我後來才知道，這是世界上最不解風情的聖誕祝福。

「你為什麼要在聖誕節約我出來？」她聲音還是很小，目光避開我的視線。

我承認自己蠢到沒有想過如何回答這個問題，甚至沒想到要告白。但這不就是告白的好時機嗎？如果她拒絕我，氣氛是不是會更尷尬呢？

我又沉默了。她見我沒有說話，把頭轉了過去，彷彿想裝作剛剛沒問過那個問題。

最後我決定鼓起勇氣，「因為我……」話還沒說完，麵包店的門開了。

一名中年婦人從店內探出頭來，「弟弟，我們要打烊了。」

「我們等雨小一點就馬上走，不好意思。」我說。

婦人拿了兩把雨傘給我，「明天再拿來還我就好。」

我接過雨傘，店外的招牌燈熄了，我們撐傘離開。

事隔多年，我不記得那天有沒有超過門禁時間，但卻永遠記得幾個月後，靜芸寫給我的信。

十二月二十五日這天，凡是在帶有鮮紅果實的槲寄生下相遇的兩人，就必須親吻對方一下，並摘去果實。直到所有果實都被摘光，這處的槲寄生才會失去效力。

如果再來一次，我會不會鼓起勇氣告訴她：「我喜歡妳？」我會不會在她講完槲寄生的事之後，毫不猶豫的吻她？那時的我太青澀，如果回到過去，應該可以導正這個遺憾吧。

「我們頭上有槲寄生！」我又聽到靜芸的聲音。

我回到了同一個場景？

還來不及搞清楚怎麼回事，剛剛的事又再一次發生，那時我錯失吻她的機會，這次不能再錯過。我轉過頭，認真看著她的雙眼，她的臉頰依舊很紅。

我該壁咚嗎？雙壁咚還是單手？我腦袋一陣混亂，額頭不斷冒汗。

她急忙把頭轉過去，小聲的說：「所以你知道槲寄生的習俗。」

我沒有回答，腦中只想著手該怎麼擺。

「這是一個大哥哥告訴我的。」她露出一抹微笑。

不是吧？這時候突然說什麼大哥哥？我尷尬的想問：「他吻了妳？」但說不出口。

「所以他……是個帥哥嗎？」我的問題竟然白痴到這種地步。

她笑了出來，「他是個很好的人，教了我很多事。」

所以到底要不要親？我的腦中堆滿這幾個字。

面對這種情況，我發現跟經驗無關，不管是不是初吻，交過幾個女朋友，心跳的速度並不會變慢。

「你為什麼要在聖誕節約我出來？」她問。

沒有親到她，至少要告白吧？

「因為我……」正要開口，麵包店的門開了，老闆娘探出頭來。

這次不能再被打斷，我急得大喊：「我們不用雨傘，謝謝！」

老闆娘愣了一下，生氣的說：「那就趕快回去，我們要打烊了！」

靜芸看我對老闆娘沒禮貌，連忙道歉：「阿姨不好意思，我們馬上離開。」然後拉著我的衣袖，往雨裡跑去。

我們跑到馬路對面的公車亭下，兩人身上都溼了，有些狼狽。

「大樹，你不該這麼沒禮貌的。」她邊念，邊從包包裡拿了面紙給我。

我並沒有接過面紙，認真看著她，「我只是想跟妳說……」雖然事已至此，我還是要說出來。

突然，遠方一道燈光照過來，我聽見她說：「等等，好像是我的公車來了。」

我仔細一看，的確是平常坐的那路公車。
「我要先回去了，門禁是九點。如果有話明天再說吧。」她匆忙上車。
公車離站前，靜芸透過玻璃窗看著公車亭裡的我。
我大喊：「因為我喜歡妳！」
她微笑對我揮手，不知道到底有沒有聽見。
雨還沒停，我望著駛離的公車，呆站在原地。

6

「陳大樹，你真的太過分了！」
我聽見帶路人大叫。
一轉眼，我又坐回駕駛座上，身旁的景物沒有變化，我依然是等死狀態。轉頭看到帶路人怒目而視，好像我做了什麼天大的錯事。
「人生跑馬燈是為了讓將死之人複習在世的課題，並不是要讓你去完成心願的！」她生氣的大吼。

「我不太懂妳的意思。所以剛剛我犯了什麼錯嗎？」我好聲好氣的說。

「為了得到想要的結果，你擅自改變了回憶對吧？」

「改變回憶？我以為這跟白日夢一樣，只要想像力豐富一點，可以讓我在臨走之前，得到一直得不到的答案。」我說。

「這就是完成心願啊！在跑馬燈的過程裡，雖然身臨其境，但你其實是個旁觀者，只能被動的複習回憶。目的是讓你回顧人生的課題，帶回宇宙消化，得到更好的答案。你已經是將死之人，那些後悔和不甘心完全不重要。」

「所以我剛剛這樣做，會發生很嚴重的後果嗎？」

帶路人嘆了一口氣，沉默了一下。「你都要死了，人生還有什麼比這個更嚴重嗎？」

我看著眼前的玻璃碎片，擋風玻璃外正在下的雨，感受即將使車體墜落的重力，遠方照射過來的車燈……感受死前這一刻。

「對不起。」我慢慢吐出這三個字，「不用經歷什麼跑馬燈，我可以離開了。」

帶路人又長嘆了一口氣，「你到底想做什麼？」

「我只是想要一個答案。」

「你都要死了，還有什麼人世間的答案是重要的？」她問。

「我……」後面的話實在有點尷尬。

「這真是太荒謬了！」她又讀了我的心，「你想要告白成功？你知道現在是什麼狀況嗎？」

看來她有點難以置信。

「我還是不習慣被人讀心。」我說，「這件事對妳來說很荒謬，但對我來說，我很想知道自己在她心中到底有多重要。如果當時的我說了不同的話，做了不同的決定，是不是能改變什麼？我能不能讓她過得更幸福？」

「過得更幸福？陳大樹，你的腦子壞了嗎？你現在的狀況適合去擔心別人過得幸不幸福嗎？更何況就算你在回憶中改變了什麼，現實並不會因此而更改，你懂嗎？」帶路人指著我的腦袋說。

「我想也是。畢竟這是改變自己的回憶，並不是時光穿梭。但如果多做些什麼，她就能有幸福的機會，我很想確定這不是命運，只是選擇錯了而已，我們都可以過得更快樂的。」

關於這些想法，我很堅定。

帶路人看起來有些無奈，「世事沒有完美的。也許那些錯誤的確不是命運，但你改變了也不見得就會往好的方向前進。」

「所以要試一試！」就算現實改變不了也沒關係，但在走之前，我想要知道其實當時有機會更幸福。

「你真的要這樣做嗎？」

看來她的態度有些軟化。

「我不是軟化！說真的，我沒看過像你這樣的要求，大部分的人都在無意識的狀態離開，有些意識強大的人會有要求，不過頂多也是託夢而已。畢竟託夢還可以影響現實，但你改變自己的回憶，無法改變已經發生的現實。」

「所以我只是想要一個答案。」

帶路人好像全身無力一樣，躺在副駕駛座上，閉上眼睛。

「好吧！」她說，「但我先警告你，擅自更改回憶雖然對現實沒有影響，但對你的身體是有影響的。別忘了，你現在還是活著的狀態，雖然離死亡只有幾秒，但為了要走完這些流程，所以時間是以萬分之一的速度進行，並不是停止。因為你在回憶中改變了既定流程，跑馬燈會需要比預計更長的時間，很有可能在你進行回憶的時候，碎片穿過你的額頭，你就會被迫離開了，知道嗎？」

「我知道了。」

「而且你做這些事會造成記憶混亂，可能會讓你死前的肉體和精神受到更大的傷害。也就是說，除了你本來就會遭受的痛苦之外，還會多受一些罪，這樣也可以嗎？」帶路人皺著眉頭看著我。

「好。」

「唉，我還是不懂你為什麼要這麼做。」她有氣無力的說，「來吧，如果你有特定的回憶，就不能從你嬰兒時期開始了。剛才的嗅覺提醒顯然也不太成功，這次從聽覺來吧。」帶路人伸手打開了我的車用收音機開關。

「記得，得到答案就回來。」

收音機傳來我熟悉的歌。眼前一黑，有些暈頭轉向。我猜是進入回憶了，但比麵包店那次稍微不舒服些，像是暈車的感覺，有點反胃、有點睏……

我睡著了。睡著的感覺無比真實，好像剛才的翻車情景只是個夢。

如果翻車只是個夢，那我醒來的時候，會不會改變自己？會不會更用心去擁抱這個世界？會不會有勇氣去面對心中的傷痕？

究竟是從什麼時候開始，我失去面對挫折的勇氣？

我曾經很勇敢吧？曾經很用力擁抱這個世界吧？

想起學生時代自己做過很驚人的事，無所畏懼，青春無敵，真令人懷念。

彷彿還聞得到教室裡課桌椅的木頭味道，粉筆的味道，聽到教室外的蟬鳴，搭著黑板書寫的聲音……

夢要醒了，我睜開眼睛，回到現實。

原來我趴在桌上睡著了，醒來還有些恍惚。我伸了個懶腰，想著剛剛將死的夢，真是太可怕了。看來以後開車要小心一點。

正當我想再小睡一下的時候，後面有人用手指戳了我的背。

「大樹，立可白借我。」

我把桌上的立可白遞給他，「春城哥，每次都用伸手牌，你的書包裡到底有沒有帶過立可白？」我無奈的說。

「借一下有什麼關係，你有沒有同學愛啊？」春城哥刻意壓低聲音。

「都幾歲了還說什麼同學愛……」

同學？立可白？春城哥？不對，春城哥是我高中同學啊！自從十幾年前的同學會後，就沒有再聯絡了。他坐在我後面？

也就是說翻車的事不是夢，我現在回到高中的回憶裡了？

「陳大樹，你睡飽就開始聊天了啊？」

聲音從前方傳來，我抬頭看到高中的國文老師站在講臺上，教室裡的高中同學一個也沒少，都在位子上。

「陳大樹，你站起來！現在講到第幾頁？」

看來老師生氣了。雖然知道是回憶，但看到高中國文老師沒大我幾歲，還是挺怪的。

我站了起來，有點不知所措。

「第八十三頁的注釋……」隱約聽到春城哥在後面打PASS。

「第八十三頁。」

老師皺著眉頭，嘆了一口氣，「前後交相賊啊？坐下專心上課。」

全班哄堂大笑。

我坐下，頭皮發麻。這次的回憶也太身臨其境了吧？

7

下課後，我到教室外的走廊透透氣，看著眼前的校園景物，竟然如此真實。

我真的越來越搞不清楚，哪個現實才是真的了。

有人從背後拍了我的肩膀一下，我直覺是春城哥，轉過頭果然是他。

「大樹在下課看大樹啊？不錯不錯，好詩好詩。」春城哥說完搭上我的肩。

本來對春城哥的記憶還有些模糊，聽完這段話，我全都想起來了。

其實春城哥不算我的好朋友，因為他實在有點怪。頭髮永遠是整齊的中分，制服上衣和褲子總燙得很整齊，雖然不算個帥哥，但也不是醜男。高中一直沒交到女朋友的原因，不是長相而是個性。

他彷彿活在自己的世界裡，講話總有些跳TONE，身上喜歡帶一把白色的摺扇，像是江南四大才子拿的那種。不管天氣冷熱，那把扇子永遠不是拿來搧風的，比較像是他講話時的道具。扇子展開的正面用毛筆寫著：春城無處不飛花，背面寫著：飛入尋常百姓家。

「那兩句根本不是同一首詩。」我脫口而出。

春城哥有點疑惑，因為他手上並沒有拿扇子。

「你是說我扇子上寫的兩句詩嗎？」春城哥聽懂了我的自言自語，「我當然知道這兩句出自不同詩，但春城的飛花這麼美，就該飛入每個人的家裡啊！」他微笑，「就像我一樣。」

我打了個冷顫，實在太噁心了。無關是不是回憶，我都很想揍他一拳。其實「春城哥」並不是他的本名，但我只記得他叫春城哥，也不想知道他的本名。

「大樹，我想請你幫個忙。」春城哥一手搭著我的肩，另一手竟然已經開始搖起摺扇。

我動動肩膀，試圖讓他的手離開我，「你從哪裡變出這把扇子的？」

「這是我的護身符，隨時都帶在身上。只是它太長，沒辦法放在褲子口袋裡，所以我都放在……」

「我只是隨口問問。」我趕緊打斷他，因為實在不想知道。「你說有事要拜託我，是什麼事？」

「聽說你認識黃靜芸？」春城哥露出熾熱的眼神。

「黃靜芸全國都認識吧？」

春城哥一臉孤疑，「她是很漂亮，剛轉學來的時候也引起一陣騷動，但你說全國都認識她未免太誇張。難不成……她是你的心中女神！」他收起摺扇不懷好意的指著我。

我忘了這是回憶。

「我還湖中女神咧！」我把他的摺扇撥開，「我看你才是她的愛慕者吧？」

春城哥笑著搖搖頭，「非也，非也。我的女神是社長大人啊！黃靜芸什麼的，我根本不看在眼裡！」

我想起來了，春城哥喜歡校刊社的社長，在高中時是公開的祕密。但那個粗枝大葉，一點都不像女生的社長，完全沒感覺到春城哥喜歡她，可能只把他當成工具人吧。

「那你問黃靜芸的事幹麼？」

春城哥陰沉的笑了兩聲，「當然是為了『為你寫詩』的事啊。」

「那是什麼？一首歌嗎？」我完全沒印象。

「虧你還是校刊社的公關，我一個小社員都比你清楚。『世紀末的浪漫——為你寫詩』是我們社長大人要辦的活動啊！是校刊社創社以來最大規模的活動，前無古人，後無來者！」春城哥開始噴口水。

跑馬燈沒有快轉功能嗎？聽他講話真的很吐血。

「你可以認真講嗎？不然黃靜芸的事就免談了。」我給了他一個充滿殺氣的眼神。

春城哥見狀，吞了一下口水，正經八百的說：「下禮拜的校慶，各社團都要發表成果，校刊社因為是靜態社團，這些年一直都沒什麼表現。所以社長想了一個徵稿活動，希望吸引校內名人投稿，由全校票選出名次，在校慶當天公布結果，也請得獎的同學上臺朗讀自己的作品。」

「這個活動聽起來很無聊。」我說。

我以為春城哥會很激動的為社長辯護，但他反而露出沮喪的表情，「其實這個構想很好，但不知道是宣傳不力還是怎樣，徵稿活動公布已經兩週了，社辦外的投稿信箱還是空的。」

我想起了這件事。靜芸是高二轉學過來，當時因為她亮眼的外型，在校內一夕爆紅，全校沒人不知道她，粉絲也不少。因為我和她小時候是鄰居，校刊社找我去遊說她投稿，增加活動的話題性和熱度。

「我懂了，你要我去向黃靜芸邀稿對吧？」我看到春城哥的眼睛亮了起來，「我真的不懂你到底有多喜歡社長，你都快比她還認真辦這個活動了。」

「我不想看到她失望。只要她微笑，我什麼都願意做。」春城哥的表情是我從未見過的溫柔，「你以後如果有喜歡的人，就會懂了。」他看著我微笑。

其實我懂。

上課鐘響後，我回到教室。看了一下壓在桌墊下的課表，這堂是數學課。天啊！難道我每一堂課都要上嗎？到底是「人生跑馬燈」還是「人生流水帳」？就不能跳過這些無意義的回憶嗎？

這個念頭才一落下，我眼前瞬間全黑，開始快速原地旋轉。轉了大概幾十圈，我頭都暈了才停止。接著眼前亮了起來，我已經不在教室裡，而在另一棟教學大樓的走廊上。

我扶著旁邊的花臺，頭還有些暈。就算暈也比上數學課好。

抬頭仔細一看，這不就是女生班的走廊嗎？

高中時因為是男女分班，女生班外面的走廊被男生視為聖地。男生其實很幼稚，都認為女生班的教室裡一定是香的，走廊上還會彌漫著香氣。就連從聖地回來的勇者，我們也會覺得他身上殘留香味。

此刻正站在走廊上的我，其實沒有聞到任何香味，也許是我的靈魂太成熟了。現在才明白，失去憧憬的男生也未必比較幸福。

傍晚的夕陽照著整排教室，放學後女孩一個個背著書包走出來。橘黃陽光襯著女孩們的笑語，我沉浸在青春的氣息裡，覺得眼前情景平凡卻無盡美好。

高中時的我有好好享受這樣的當下嗎？

突然有人從後面拍了拍我的肩膀。

「大樹，是你嗎？」一個充滿回憶的聲音。

我轉頭，看見黃靜芸。

高中時的她，一頭及肩的短髮，水汪汪的大眼睛，盈盈的笑容，跟後來出社會的她沒有不同。但她清澈的眼睛，比我記憶中的更加純真。

她微笑著說：「好久不見，我記得國小之後就沒再見面了吧？你是來找我敘舊的嗎？」

她歪著頭看我，我緊張的低下頭，雙手直發抖。我朝思暮想的黃靜芸就在面前，她正快樂的生活著，心中充滿希望，靈魂充滿光芒。

反正是回憶，不會影響現實生活！我心裡不斷告訴自己，然後我張開雙手，緊緊的擁抱她。

「我好想妳。我喜歡妳。」

8

我抱著靜芸，她沒有任何反應，像是時間靜止了一樣。

她的頭髮散發著淡淡花香。

我在她耳邊輕輕的說：「我的人生雖然不長，但也算走過不少酸甜苦辣。許多人在旅程中來來去去，當下很厭惡的人、很害怕的人，在時間拉長之後，也就沒這麼重要了。但我一直忘不掉妳，雖然我們的距離忽遠忽近，妳總有一席之地。」

靜芸的身體微微顫抖。

她哭了嗎？

正當我感到不對勁，她突然蹲了下來，臉埋在手心裡，不斷啜泣。

我搞砸了。反正這不是真的對吧？只是回憶，不影響歷史，也不影響真實生活。這裡只是我腦袋裡的回憶！

我心一橫，既然如此，不試試怎麼知道，搞不好她是因為太高興所以哭了？

「靜芸，妳也喜歡我嗎？」我問。

她抬起頭驚訝的看著我，一副難以置信的樣子。她的臉上，滿是淚痕。

我跟她四目相接，看著那些淚水，我冷汗直流。

她突然站起來，把書包用力甩向我，氣沖沖的哭著離開。

我心中只有一個字的髒話。還好沒有人在讀我的心。

我低著頭，看著靜芸落到地上的淚水，覺得身旁景物不再愜意。不管是回憶或是現實，不管是人生的哪一個時期，不管她哭的理由為何，黃靜芸的眼淚對我永遠必殺，每一滴都是重拳。

突然覺得雙腳無力，我往地上一坐，躺在走廊上。餘光瞄到有一些在遠方目睹我做蠢事的同學，正快步離開。

看來我在回憶裡真的太做自己了。

究竟我回來這裡做什麼？是為了來搞砸一切，看靜芸的眼淚嗎？

是不是該仔細想想，為什麼會回到這一天？為什麼會是這個場景？

如果能夠重來一次，我的目的不該是衝動的告白，我得讓她打從心裡喜歡我，告白才會成功。這是句廢話，但在回來之前我一直沒想通。

最靠近她的心的那一刻，是高中的什麼時候？這跟「為你寫詩」到底有什麼關係？在走廊時是不是該先好好跟她寒暄？畢竟我們這麼多年沒見了。

我閉上眼睛，不斷的想著，覺得頭有些暈。

有人從後面拍了拍我的肩膀，「大樹，是你嗎？」

又回到了剛剛的場景。

我轉頭，靜芸在面前，沒有淚水，充滿笑容。

「這樣妳都認得出來？」對她來說我們好幾年沒見了。從國小到高中，都長得不一樣了。

「我認得你的背影啊。」靜芸笑得眼睛瞇了起來。

那是她的招牌笑容，每次出現都很令人心動。

「看來你過得不錯，長得又高又壯，很符合你的名字。」

「妳也不錯。」我的寒暄功力非常差。

靜芸聽完笑了出來，「陳大樹，如果你是專程來找我敘舊的，我只能說你實在不太會聊天。」

「其實我是來邀稿的。」我直接切入正題。

「邀稿？什麼稿？」她一臉疑惑。

我簡單跟她說明「為你寫詩」的活動，也直接了當說了邀稿原因：「其實現在完全沒人投稿，妳是目前最紅的轉學生，校刊社想借助妳的力量宣傳，如果能成功邀妳入社更好。」

「寫詩沒問題，但我的文筆真的普通喔。」她爽快答應了。

「沒關係，重點是到時候妳可能要上臺唸詩，可以嗎？」我知道其實她並不喜歡被眾人注目的感覺。諷刺的是，多年後站在舞臺上竟是她的日常。

「如果你在旁邊，我應該可以。」她又露出招牌笑容。

我瞬間覺得臉頰有些發熱，想不到三十多歲的靈魂還能被撩。

現在這樣不是很好嗎？我剛剛突然抱住人家到底想幹麼，真是蠢到家。

「但是入社的事我還在考慮耶，有一些社團來找過我，目前覺得攝影社還不錯。我想想再跟你說好嗎？」

靜芸這段話又顯得客套了，但其實幾年不見，這樣才正常。

「那就這樣，我還有事先走嘍。」她轉身走了兩步後，又轉頭對我說：「對了，大樹，真的很高興我們能再見面。」

我也很高興，能在死前再見妳一面。

我看著靜芸在夕陽下漸漸走遠。

這次告白看來是失敗了吧。失敗後應該會回到死前，但過了好一會，我還是在原地。

難道回憶還沒結束？

我閉上眼睛，眼前又陷入黑暗，快速旋轉。

一張開眼，我已經坐在校刊社的社團辦公室裡，整間教室只有我一個人，安靜得能清楚聽見窗外蟬鳴。

我根本不知道自己為什麼坐在這裡，也不懂人生跑馬燈到底要讓我看到什麼、回憶什麼。

我以為進入自己的回憶中，做這些不用負責任的事，會很自由、很快樂。但是就算回到過去，未來對我仍充滿未知。

高中的時候，校刊社對我來說到底是什麼呢？二十年前的我，到底在想什麼啊？

「啊！」

我聽到身後出現尖叫聲，轉身看了門口，卻沒有人影。

我在回憶裡也遇得到鬼？

春城哥從門口走了進來，但剛才的聲音明明是女生啊！

「佳欣，妳幹麼不進來？」春城哥邊走邊說。

佳欣？是那個佳欣嗎？

佳欣是我高中學妹，對我一直有好感，曾經跟我告白過，但我沒有答應她。她是一個可愛的女孩，只是我心中已把位置留給靜芸。

門口走進一個女孩，頭低低的，隱約可以看見她的臉漲得很紅。她坐在我右前方的位子上，頭還是低著。

「學長，你……你怎麼這麼早來？」佳欣把臉抬起來，對我僵硬的微笑。

我朝她客套的點點頭，心裡盤算著要略過這個看起來沒有意義的場景。我用力閉上眼睛，不停想著「趕快離開這裡」，但好像沒有什麼作用。

張開眼睛，教室已經坐滿了一半，應該是校刊社的社員到齊了。社長走上講臺，我看見春城哥露出愛慕的眼神，另一邊佳欣也一直有意無意的偷看我。

「明天就是『為你寫詩』的發表大會了，我跟學務處商量了很久，他們終於答應在明天校慶的中午時間，給我們二十分鐘，在禮堂舉辦！」社長說得慷慨激昂。她一頭短髮，結實的身材和低沉的嗓音，一點都不像女孩子，我真不知道春城哥到底喜歡她哪一點。

校慶中午時間，對各社團來說是最精華的時間，社長能夠搶到這個時段的確厲害。臺下的社員們議論紛紛，春城哥更是拍起手來。

「我需要一男一女的主持人，各位有推薦的人選嗎？」社長說完，春城哥立刻舉手，但社長刻意忽略他。「有人自願嗎？如果沒有就由我指定嘍。」

我突然想起來了，主持人是我啊！

「陳大樹同學，你願意嗎？」社長果然叫了我的名字，我太驚恐了所以沒有回話。「那就這麼定了。女生呢？有人自願嗎？」

等等！我記得女主持人是……

「我自願！」佳欣學妹舉手。

「好！那主持人就由陳大樹同學、陳佳欣學妹擔任，麻煩你們了！」

教室裡響起如雷的掌聲。

我愣住，事情不該是這樣的。我回到這裡，為的是跟黃靜芸告白，不是陳佳欣啊！

我終於懂了，為什麼跑馬燈把我送回這裡，因為在主持完「為你寫詩」的活動隔天，佳欣就跟我告白了。

我並沒有要改變這段回憶啊，是不是哪裡出錯了？

我用力把頭撞上桌子，希望能夠離開這段回憶。

「砰！」桌子發出很大的聲響，我頭有點暈。抬起頭，教室裡的人都驚訝的看著我，但我還在原地。

9

我羨慕太陽
只有他不用每天期待陽光
從地平線升起落下
筆直的路通向遠方
盡頭通往太陽中心？
我開枝展葉盼望最大面積的陽光
卻失去一步步走向中心的權利
該抓住的不是泥土
而是他的目光

我從社辦的信箱裡，拿出這封投稿。是靜芸寫的詩。

這首詩我一輩子也忘不了，她始終沒有說，誰是她的太陽。

她追逐著太陽，而我追逐著她的背影。對她來說，太陽在面前無比溫暖，我卻只能在她的背後看見陰影。

她像行星繞著太陽，我像衛星在她的周圍，忽遠忽近，循著引力的軌道，不管多接近也觸摸不到。

會後，我和佳欣留下來，討論明天主持的事。她頭低低的不敢直視我。

「學長，明天的主持我該準備什麼嗎?」

我從不覺得自己是該被人追逐的對象，因為我的眼中只有一個目標。

「妳不用準備，我負責串場，妳只要唸得獎者的名字和作品名，請他們上臺就好。」我邊說邊收拾東西。

這裡並不是我該待的地方，還剩下多少時間就要死了都不知道，實在沒有辦法顧及學妹的心情。

正當我要離開的時候，佳欣開口:「學長，你吃了嗎?」

吃?我露出疑惑的表情。

「就是昨天給你的餅乾，我自己手工做的。」佳欣依舊很害羞。

我嘆了一口氣，「佳欣，相信我，妳還有大好人生，不用在我身上浪費時間。」

佳欣上大學後，我還有聽說她交了幾任男朋友，我並不是她的真命天子。

佳欣抬起頭，驚訝的看著我，眼眶裡有一些淚水。

要狠下心，這只是回憶啊!於是我轉頭離開，留下佳欣獨自一人。

我盡量不去想她在我身後落淚的樣子，應該好好把死前的願望完成，才不枉費我走這一遭，不是嗎?

我走到校園裡那棵最大的樹下，看著漸漸落下的太陽，覺得有些疲倦。我癱坐下來，身體始終沒有感到累，總是輕飄飄的，但經歷這些回憶，我的腦袋真的累了。慢慢把眼睛閉上，陷入完全的黑暗中，不知道再張開眼睛時，眼前是碎玻璃，還是靜芸的笑臉？

腦袋裡響起那首歌，帶路人打開車用收音機後，我聽到的前奏，似曾相識。

好像是梁靜茹的歌？高中的時候，她唱的〈勇氣〉紅遍校園，成為告白神曲。但這首不像是〈勇氣〉啊？

現在也只能欣賞……

音樂戛然而止。

有人拍了拍我的背，「學長，你睡著了嗎？要開始了！」聽見佳欣的聲音，我迷迷糊糊睜眼。身旁不是大樹，而是學校禮堂後臺。

「又來了，轉換場景都很突然耶。」我無奈的往天花板抱怨，講給帶路人聽。

「學長，我不懂你在說什麼，但臺下觀眾在等我們了。」佳欣雙手緊抓著麥克風，看得出來十分緊張。

我把她的麥克風接過來，「不用擔心啦，校刊社的活動，臺下會有多少人？頂多十幾隻小貓，瞧妳嚇得。」我站起來，走向臺前，掀開紅色布幕。

臺下滿滿的觀眾，少說也有五、六百人！

我默默的後退一步，低聲說：「不對啊？記憶裡沒有這部分。」

「學長，看來是社長的策略奏效了，得獎者有黃靜芸學姐，又有王陽泰學長，大家都是來看他們的。」佳欣在我身後說。

王陽泰？好耳熟的名字。不就是「太陽王」嗎？模範生、模擬考前十強、全校一百公尺最速男、升旗典禮大隊長，還是攝影社社長，作品常獲獎，他就是高中的人生勝利組。長得帥，雖然個性不討人喜歡，在學校裡女粉絲還是很多，畢竟男人不壞，女人不愛！

我閉上眼睛，皺起眉頭，「佳欣，妳先撐一下，我頭有點痛。」

「啊？我？」佳欣不知所措，我硬把她推上臺。

對我來說，目前最重要的不是上臺主持，而是把這段回憶弄清楚。我總記得這不是一段令人開心的回憶，跑馬燈把我帶來這裡，一定有什麼原因。如果是非常重要的回憶，怎麼可能完全不記得呢？

或是我選擇遺忘？

「各、各位同學好，我……是一年十四班的……陳、陳佳欣……」麥克風那端傳來佳欣無比緊張的聲音。

算了，先救她吧，反正如果真的有什麼問題，還能重來，不是嗎？

我用力撥開布幕，看見全身發抖、臉色發白的佳欣，她轉頭看著我，像是看到救世主一樣。

我走到她身旁，小聲的說：「交給我，妳下去吧。」

佳欣紅著眼眶，頭低低的快步走向後臺。

「歡迎來到由校刊社舉辦，『為你寫詩』的頒獎典禮，對校刊社來說，這是空前絕後的大活動。看看現場人山人海，就知道大家對這個活動充滿期待，但對象一定不是我吧？而是史上最有人氣的得獎者，對不對？」

底下的同學們大聲回答：「對！」

「那我就不再廢話了，馬上歡迎得獎者！」主持活動對我來說，向來不是難事，主持高中生的場子更是小兒科。

活動流程是從佳作開始頒獎，陸續是第三名、第二名、第一名，得獎者輪流上臺朗讀作品。

活動相當無聊，會有這麼多人來參加，當然是衝著黃靜芸和王陽泰。校刊社也知道這點，所以把第三名給了黃靜芸，第二名給了王陽泰。老實說，他們的作品都沒有達到得獎的水準，看來校刊社社長是對宣傳低頭了。

一時之間我實在想不起來當年發生了什麼事，只好先照著流程走，只要一想起來那天的回憶，應該可以馬上重來一次。

幾個佳作得獎者上臺唸完作品，臺下都沒有太大的反應。

我站在舞臺旁邊的布幕後，看著最後一個佳作得獎者唸他的作品。

靜芸從後面叫我：「大樹，接下來是我對吧？」她已經上臺準備了。

我轉頭看著她，心跳得很快，心想不能再魯莽了。

「對啊，恭喜妳得了第三名。」我微笑道。

靜芸露出尷尬的表情，「我知道我的詩沒這麼好，得第三名其實很沉重，還要在大家面前唸出來，真是難為情。」

「不會，妳寫得不錯啊！」這是違心之論。

「哈哈，你總是這樣。雖然謊說得很糟，還是謝謝你。」她笑了一下，「其實我本來不想上臺的，但看到主持人是你，就覺得稍微有一點勇氣了。」

我覺得自己臉很紅。

靜芸指了指臺前，「主持人，該換我們嘍。」

我看見上一位同學已經唸完，趕緊介紹靜芸上臺。「接下來是第三名，二年十五班的黃靜芸，作品名是《太陽》。」

靜芸慢慢的走向臺前，臺下響起如雷掌聲，甚至還有口哨聲，看得出來反應大的多是男同學。

她什麼都還沒做耶，你們這些瘋豬哥！

靜芸對臺下微微鞠躬，不小心撞到立架的麥克風！她慌張的說：「對不起！」整張臉都漲紅了。

結果臺下響起更大的歡呼聲，簡直像是她的個人演唱會。

靜芸紅著臉，開始朗誦：

我羨慕太陽
只有他不用每天期待陽光
從地平線升起落下
筆直的路通向遠方
盡頭通往太陽中心？
我開枝展葉盼望最大面積的陽光
卻失去一步步走向中心的權利
該抓住的不是泥土
而是他的目光

靜芸的聲音相當好聽，跟長相一樣甜美，這也是未來她能在演藝圈有一席之地的原因之一。

靜芸剛唸完詩，王陽泰也準備上臺了，他從後臺走向我，手上拿了一個大型紙捲，後面竟然跟了四、五個人。

「同學，唸詩不用這麼多人陪吧？」我看著他。

王陽泰走到我面前，用力拍了我的肩，笑著說：「主持人，我來幫你製造活動高潮！」

10

靜芸一向很多人追。

我們很小的時候就認識了，她以前住在我家對面。我家在鄉下的小巷弄裡，每戶都住得很近，幾乎所有小朋友都玩在一起。

我們這群小朋友大多是男生，靜芸是萬綠叢中一點紅。

她小時候就長得很漂亮，總是穿著小洋裝，綁兩條辮子。一起玩的小朋友幾乎都喜歡她，不管是捉迷藏、紅綠燈，或是任何遊戲她都不太會輸，每個男生都會讓她。

上了國小，她也常常上臺領獎、當模範生，課桌抽屜裡總是一堆情書。

國中時期我和靜芸就失去聯絡了，但我猜她還是一樣受歡迎吧。

所以現在王陽泰在我面前講些奇怪的話，我大概也猜到……噢，不，應該是說，我想起來他們到底要幹麼了。

但為時已晚。

靜芸唸完詩，正要下臺的時候，舞臺的燈暗了。然後音樂響起，是周杰倫的〈可愛女人〉。

聚光燈打在靜芸身上，另一盞打在舞臺邊緣的王陽泰身上。

看來他很有辦法，燈光和音樂早就安排好了。

「主持人，你休息一下。」王陽泰講完，轉頭往舞臺走去，有兩個學生擋住我的路。

你們這些高中生太誇張了，是在拍電影嗎？

「兩位同學，我休息歸休息，但總可以看看吧？你們擋住我的視線了。」

他們倆互相看了一下，從中間讓出一些空間讓我能看見舞臺。

靜芸一臉驚訝，看著王陽泰走出來。臺下眾多女生紛紛尖叫。

「黃靜芸，自從妳加入攝影社，我就知道我們是天生一對！」王陽泰指著靜芸，自信滿滿的說。

後方有個同學跑出來，拿了一張紙捲站在王陽泰後面，面對靜芸把紙捲用力攤開，是一張海報，上面印著靜芸的照片。她在照片裡背著相機，開心的微笑，陽光灑落在她身上。

「這個笑容，就是妳對我的心情。」王陽泰說完，我都要吐了。

靜芸沒有太大的表情，臺下一陣沉默。整個禮堂只聽到周杰倫的歌，已經唱到尾聲。

我終於想起這到底是怎麼一回事了。

當時王陽泰打開的第一張海報是靜芸的微笑，但靜芸看了沒有任何反應。歌停了之後，王陽泰面露尷尬，接著打開第二張海報，而且告白了。靜芸看到第二張海報後，愣在原地，並沒有馬上回應他的告白，臺下開始鼓譟，彷彿都在等靜芸的答案。

當時靜芸的確很有可能答應他，但在她開口之前，看了後面的我一眼。

我直覺她需要幫忙，當時馬上用麥克風重複的說：「『為你寫詩』活動目前因故無法繼續進行，我在此宣布活動結束，請各位同學盡速從門口離開。」

校刊社的社長和春城哥也很機靈的去找教官。在我們的干擾戰術下，當時的告白沒有結果。

後來王陽泰和靜芸卻因此走得很近，常見他們在社團活動時一起在校園裡拍照，全校的同學也幾乎默認他們是一對了。

在幾年之後，我才知道其實靜芸並不喜歡王陽泰，也從沒跟他交往過，但都已是後話了。高中的我，因為王陽泰的關係，也沒有向靜芸告白。

現在我該做點什麼了！

站在王陽泰後面的同學，已經拿出第二張海報，快速的展開。海報上是一個男生的背影，應該是王陽泰的。

王陽泰對靜芸大聲的說：「在上次的社團活動後，我把大家的底片帶回去沖洗，發現妳拍了這張照片。這是我吧？」

靜芸愣了一下，微微的點點頭。

「太好了，這樣我更有勇氣了。黃靜芸同學，我喜歡妳，當我的女朋友吧！」王陽泰講完，臺下響起前所未有的歡呼。

靜芸的表情看起來有些不知所措，目光轉向在舞臺旁邊的我。

這是求救的訊息吧？那我就來教訓教訓這個小鬼！

「單憑背影照就能判斷對方是不是喜歡你？你是賭神嗎？」我拿起麥克風大聲的說。

臺下忽然安靜，王陽泰吃驚的轉頭看著我。

我快步從布幕後走出來，穿過擋住我的那兩位同學。

「如果我是喜歡你的女生，一定會拍你的正面，不是嗎？以你明星般的特質，應該很願意讓人拍照，說不定還能拍一系列的『宣傳照』呢！」我邊說邊擺了幾個拍照姿勢，臺下哄堂大笑。

王陽泰的臉一陣青一陣白，看來是快爆炸了。他轉身朝我跑了過來，用力抓起我的領口，怒目而視。

「等一下、等一下……」我急忙說：「攝影社的同學應該都在場，這個POSE太經典，我們擺久一點，讓他們趕快去拿相機來拍照。」講完我假裝陶醉的看著他。

王陽泰轉頭看了看臺下的觀眾，許多人面露驚訝，更多人正訕笑著他。他惱羞成怒的推了我一把，接著往臺下走去。

「社長，請等一下。」臺上突然發出聲音，是靜芸！

王陽泰停下腳步，但沒有回頭。

「關於你剛剛說的，我聽了很高興。」靜芸說完，王陽泰轉頭，臺下一片驚呼。

我傻眼。

「跟你一起拍照，總覺得你眼中的世界很漂亮，也很崇拜你。我常常想，有一天或許會喜歡上你吧！」靜芸微笑，王陽泰聽完也笑了。

我的記憶是不是有誤啊？事情這樣發展對嗎？

「但是，」靜芸停頓了一下，「你今天做的事情我真的很不喜歡。那張背影照拍的是你沒錯，但我在按下快門時，想的不是你，而是你當時的背影，讓我想起了人生最溫暖的時刻。所以，請你不要誤會了，我並沒有喜歡你。」靜芸還是淡淡的微笑，「讓你誤解，真的很抱歉。」她深深的鞠躬。

現場氣氛凝結了，沒有人想到黃靜芸會說這些話，包括我。

王陽泰滿臉漲紅，往臺下衝去，跑出禮堂。

門口出現教官用大聲公勸導的聲音：「現場同學請馬上解散，立刻回到教室！五分鐘後，還留在禮堂裡的人，全部記警告兩支！」

臺下的觀眾一哄而散，我默默走回後臺收拾東西。

靜芸走到我的面前，笑著說：「大樹，謝謝你。你剛剛真的很帥！」

我腦袋一片空白，直傻笑。

管他什麼警告兩支，這是我的回憶啊！

靜芸離開後，我坐在後臺的椅子上，閉著雙眼，臉上還是忍不住笑意。

我感覺天旋地轉。是要離開這段回憶了吧？這次我覺得心滿意足。

11

我在黑暗中旋轉，心想應該會回到翻覆的車內。

雖然沒有告白成功，至少結果還不錯，得到靜芸正面的回應，也經歷了一次不錯的回憶。

我可以離開了。

其實人都要死了，我只想再見她一次，想改變一些當初沒做好的事。雖然沒有一百分，但「為你寫詩」的活動也算是完成了我的願望。我不斷告訴自己，可以回到車上，可以跟帶路人交代了。

不知道是不是我的錯覺，這次的旋轉比之前久。

等旋轉停下，我張開雙眼……

還在高中時期？

我坐在教室裡，全班的同學也都在位子上，講臺上老師正賣力講課。

下課鐘聲響起，老師說：「班長，下課。」

「起立，敬禮，坐下！」

現在到底是哪一天啊？我心中滿滿的疑問。

我呆坐在位子上，看到春城哥非常沮喪的走過來。

「大樹，昨天風頭都被你出光了。」春城哥黯然的看著我。

昨天？

「你還記得『為你寫詩』的第一名是誰嗎？」

春城哥突然問起，我才發現自己根本沒有印象。

「就是我啊！」他淚汪汪的看著我。

「不好意思，沒讓你上臺領獎。」原來活動是昨天，我在回憶裡只過了一天，但我對今天會發生什麼事，完全沒有記憶。

「我哪是在意上臺領獎？我是要上臺唸我的作品啊！」春城哥突然大聲了起來，我嚇一跳。「我得第一名，你知道我有多開心嗎？因為我為社長寫的詩，可以在大家面前唸給她聽啊！結果被你和王陽泰搞砸了！」他非常激動。

原來如此，我完全不知道這件事。

「對不起，只是王陽泰做的事太突然，我覺得必須做點什麼。」

春城哥嘆了一口氣，「『為你寫詩』的名次是校刊社的社長和副社長決定的，我得了第一名，讓我覺得社長看懂了我的詩，我能在臺上對她唸出來，也許是我人生最靠近她的時候……」

我無言以對，只能道歉。

「算了，我知道你喜歡黃靜芸。以你的立場來說，當時如果不做點什麼，可能會後悔一輩子吧。但老實說，我覺得你做得太過了，王陽泰和黃靜芸是滿配的。當時臺下的同學們雖然有些吃味，也有種期待的心情，畢竟就外型來說，他們百分之百適合啊。」春城哥說完，又默默的飄走了。

聽完這段話，我更加無言了。

所以我回來只是為了知道這些事嗎？還是在告訴我，其實他們是天生一對？

教室裡的其他同學已經開始吃午餐，廣播器放起音樂。

中午吃飯時間會有校內廣播，讓廣播社的同學練習製作簡單的節目。因為會播放音樂，廣播社製作了點播單元，讓大家點一首歌、留一段話，常常是同學們偷偷告白的工具。

第一首歌結束後，廣播傳來主持人的聲音：「接下來又到了最熱門的點播單元。第一首點播來自一年十五班的陳佳欣同學，她要點播梁靜茹的〈如果有一天〉。」

佳欣竟然點播歌曲？該不會是要給我的吧？

「她要點給二年七班的陳大樹同學。」

果然是我！

接著廣播突然出現了很微弱的聲音，好像在說：「這可以播出去嗎？會不會被主任罵？」

安靜幾秒後，廣播又出現聲音，班上的同學都安靜下來聽著。

「她要跟陳大樹同學說：『學長，現在請你到厚德樓的頂樓，我有話要對你說。』」

全班都轉過頭來看我，一陣鼓譟騷動。

現在也只能欣賞，唯一的合照一張……

梁靜茹開始唱〈如果有一天〉。原來帶我回來的，就是這首歌。

我想起那段回憶，並不令人懷念。

當時的我知道佳欣是要告白，但是這種方式太高調了，教官一定馬上衝上去，還會有超多圍觀看熱鬧的人。

而且我不會答應她的告白，在這麼盛大的場面拒絕她，太殘忍了。

我坐在座位上，繼續吃便當。同學們當然團團把我圍住，一副看好戲的表情。

班長說：「大樹，你不去嗎？」

「不要啦，太尷尬了吧？」

「厚德樓頂樓就在我們教室樓上耶！你有機會在教官之前到。」

佳欣的確很聰明，厚德樓頂樓是五樓，我們教室在四樓，教官在另一棟大樓的一樓。教官到的時候，我們應該講完了。

「不去就不是男人了啦！」班長一說完，兩手把我撐起來，接著其他同學把我整個人扛起來，浩浩蕩蕩的前往頂樓。

頂樓有個天臺，入口通常會上鎖，但常有同學去抽菸，早把鎖頭破壞了。

一群人到了頂樓，看到佳欣一個人面向入口。

陽光灑落在她的身上，她看起來格外輕鬆。

他們把我放了下來，退到我身後準備看好戲。

佳欣微笑看著我，「學長，經過昨天『為你寫詩』的活動，我終於懂了，你會為了喜歡的人挺身而出，給她勇氣。我想跟你說，自從上了高中之後，我總是活在壓力和痛苦裡，但每天都為了能跟你講一句話，勇敢的來學校。」

當時的我實在聽不懂，在多年之後，我才輾轉得知，佳欣並不喜歡這間以升學為導向的學校，她喜歡烘焙，很想去讀高職的餐飲科。但父母對她非常嚴格，期望很高，強迫她讀這間高中。

「學長，黃靜芸學姐的詩讓我很有感觸。我不知道黃靜芸學姐的太陽是誰，但你是我的太陽，我真的很喜歡你。」佳欣露出我從未見過的開朗笑容。在那之前，我總認為佳欣是很內向又沒自信的。

面對她的告白，當時的我拒絕了，只因為我覺得必須誠實。

「我知道學長有喜歡的人，我只希望有機會跟你更靠近一些。」

當時的直覺告訴我，這種時候不能留下任何曖昧的空間，不然之後會更麻煩。

「佳欣，我們一直都只是普通朋友。妳很可愛，不要在我身上浪費時間。」

意外的是，佳欣聽了並沒有哭，她只是轉過頭，默默的走向圍牆。圍牆前有個小臺子，她站上去說：「學長，我真的很喜歡你。我知道你不會喜歡我，但請不要讓我掉下去好嗎?」

眼看著她下一步就要站上圍牆了，我腦中只有一個念頭，她瘋了嗎?

正當我要跑過去把她拉下來的時候，入口傳來哨聲，教官來了。

我們全部被帶回教官室，我和佳欣被記一大過，其他圍觀的人則記警告。

正因為那不是一段好的回憶，所以很難忘，也許我根本不想記得。

我不懂人生跑馬燈帶我回來這裡，為的是什麼？

但我知道，如果待在教室裡不動，就會被全班的同學架上去頂樓。我趕快跑出教室，一路往樓下衝。以佳欣的個性來說是不可能蹺課的，從第四節下課打鐘到現在才不到十分鐘，我應該可以在樓梯間攔截她，好好跟她溝通一下。

不在頂樓談，就不會發生任何危險的事。沒有圍觀的人，我也能好好的開導她，畢竟現在我的靈魂不是十六歲，是三十五歲啊！

我奮力的往下跑，經過二樓時，看到一間教室，門外貼著三個大字：攝影社，應該是社團辦公室。

我停了下來，想起王陽泰和靜芸都是攝影社，該不會他們正在裡面吧？

我慢慢的靠近門口，將耳朵貼近。

房間內傳來砰的一聲，我嚇一跳。再細聽，裡面有人！

「你不要這樣！」

我聽懂了這一句，難道有學生在裡面約會？

「放手！」這句又大聲了點。

不對，這是靜芸的聲音啊！

12

我一腳踹開攝影社的大門，裡面燈亮著，卻空無一人。

是我聽錯了嗎？剛剛我明明聽到聲音，而且非常清楚啊！

「你好，請問有人在嗎？我想加入攝影社。」我大聲說著，仍然沒有動靜。「不好意思，打擾了！」說完我假裝把大門關上，但仍留在室內。

四周依然安靜。

是見鬼了嗎？我到底在執著什麼？現在不是該待在這裡的時候，我還要去找佳欣。我轉身準備離開，但從社辦的最裡面，傳出門被打開，又迅速關上的聲音。

原來裡面還有房間？

走過去一看，裡面有一扇門，門上貼著「暗房」兩字。暗房旁邊擺著相機用的防潮箱，放著一臺相機和一顆鏡頭。

我非常確定暗房裡有人，因為沒有人敢把相機留在社辦裡，還沒上鎖。

「不好意思，暗房裡應該有人吧？如果你們不出來的話，我就要拿走想要的東西了。」我對暗房大喊，然後打開旁邊的防潮箱，拿出裡面的相機和鏡頭。

接著把鏡頭用力往地上砸！

「哎呀，真不好意思，沒拿好。」我又大聲的說。

砰的一聲，暗房的門被打開，王陽泰氣急敗壞的從裡面跑出來，看到地上破碎的鏡頭，對我大吼：「你幹什麼！那顆鏡頭要多少錢你知道嗎？」

靜芸也從他的身後走了出來，眼眶含淚。

但願不是我想的那樣，畢竟三十五歲的靈魂，想到的情境比高中生能做的更可怕。

「大樹！」靜芸看到我，「你怎麼在這裡？」

「這句話是我該問的吧？你們兩個在暗房幹麼？」我指著王陽泰，「這個混蛋該不會對妳做了什麼吧？」

話才剛說完，王陽泰的拳頭已經到我眼前，我閃避不及被一拳擊中，頭痛欲裂。是右勾拳吧？

我陷入黑暗中，頭還是很痛。

被王陽泰揍了一拳不要緊，重要的是靜芸有沒有事？如果我昏過去了，盛怒下的王陽泰會不會做出更極端的事？

我越想越懊惱，如果我再耐打一點，或是知道他要揮拳，是不是就可以保護靜芸了呢？如果我閃過那一拳就好了！

眼前一亮。

砰的一聲，暗房的門被打開，王陽泰氣急敗壞的從裡面跑出來。

重來一次了？

「大樹！」靜芸看到我，「你怎麼在這裡？」

我看著含淚的靜芸說：「稍等一下，我先處理他。」轉頭看王陽泰，他正準備出拳。我直覺的舉起雙手擋住了他的右勾拳。

超痛！但擋下來了！我透過手臂間隙看著王陽泰，不自覺微笑。這似乎惹火他了，他又一記左勾拳，打在我的手臂上。

再來是左右連發，我想起葉問被龍捲風連擊的樣子，但我不會詠春拳啊！

靜芸在旁邊不斷叫著：「社長不要再打了！」

王陽泰像發瘋似的不斷揮拳，我的手臂非常疼痛。

大概過了幾十秒後，他的攻勢停了下來。我把滿是傷痕的雙手放下，看見王陽泰眼裡也含著淚水。

「哭屁。」我脫口而出。

王陽泰冷不防的一腳踹向我的肚子。我往後倒，後腦杓撞上後方的櫃子，昏了過去。

再次陷入黑暗中，這次除了雙手疼痛，後腦杓也很痛。

我這輩子從來沒想過，原來打架很重要，尤其是要英雄救美的時候。

早知道就不該把《葉問》當作娛樂片來看，也該隨身帶著雙截棍。

如果王陽泰剛才的攻擊，第一拳我不擋，用閃的，他是不是就不會有第二次攻擊呢？就算他持續出拳，我只要算準時間閃開，應該就可以伺機而動。

結果除了功課、體育、桃花、長相、身高之外，連打架我都輸他。

這種回憶真糟糕。

不能讓我帥一次嗎？如果再來一次，我一定能打贏他！

眼前又一亮。

砰的一聲，暗房的門被打開，王陽泰氣急敗壞的從裡面跑出來。

我又回來了。人生跑馬燈啊，我真不懂你。

「大樹！」靜芸看到我，「你怎麼在這裡？」

我看著靜芸說：「因為我一定要帥一次啊！」

接著王陽泰第一拳揮過來，我閃開了。他似乎有些吃驚，第二拳緊接而來，我蹲下又閃過。

我站起來，擺出拳擊預備姿勢，右手對他挑釁，「來吧。」

王陽泰見狀像發狂似的，抓起旁邊的椅子就往我砸，我連忙往旁邊跳。

沒想到他會出這招，很明顯他已經失去理智了。只要他下一步出拳，我再閃過的話，距離就縮短到我可以反擊了。

「啊！」王陽泰大叫一聲，又是一記右勾拳揮過來，我低頭閃過攻擊後，直拳往上一打，正中他的鼻梁！

他往後退了好幾步，直到撞上牆壁才停下來。

靜芸突然大聲尖叫，我嚇了一跳，難道是我出手太重？

「啊！」王陽泰也叫了一聲，他看著自己的掌心和胸口的血跡，他的鼻血正不斷的流出來。

「陳大樹，你玩真的啊！你完蛋了！你知道我叔叔是律師嗎？我要告死你……」他仰著頭，流著眼淚，邊碎念邊跑出社團辦公室。

我癱坐在椅子上，右手的拳頭非常疼痛。原來打人也很痛。

靜芸擔心的走向我，「你……沒事吧？大樹？」

我勉強擠出笑容，畢竟以精神狀態來說，我連打了三場。

「我沒事，妳呢？我在門外聽到你們的爭吵聲，他對妳做了什麼？」

靜芸想了想，「你還能站起來嗎？」

我撐著桌子站了起來，她走進暗房，示意我跟她一起進去。

「社長洗了非常多我的相片。」靜芸指著房間裡，一條一條棉繩上夾的相片。

雖然暗房裡光線很暗，但看得出來，這些相片拍得還不錯。

「他中午約我來社辦，說有事要討論，我猜想他可能想再告白一次。昨天我在臺上拒絕他，實在太傷人，所以我也想跟他說清楚，好好道歉。」靜芸娓娓道來，「他請我進暗房，說這些都是他眼中的我，說實在的，很令人開心，可是我還是拒絕他了。但他緊抓著我的手不放，跪著求我跟他交往，就算只是名義上也沒關係，不然他會很丟臉。我不可能答應他這種要求，結果他竟然抱住我，我才會反抗。還好大樹你出現救了我，謝謝你。」

「不用客氣。但就算沒有發生昨天『為你寫詩』的事，妳也不會答應他，對吧？」

「我沒有辦法答應。」她說。

「為什麼？」

「因為我有喜歡的人了。是在我最無助，希望墜落的時候，拉住我的人。」靜芸露出非常真心的微笑，我很久沒看到了。

「那個人就是你的太陽嗎？」我必須知道答案。

靜芸點點頭。

「是我嗎？」我問完，她有些驚訝，遲疑了好一會。

說「是」吧！如果是我，我就能安心去死了。

「不是。」靜芸有些為難的搖搖頭，「對不起，大樹。但你對我也是很重要的人，雖然這麼多年沒見，我一直都記得你。」

我的頭像是被雷擊一樣，比剛才被王陽泰揍一拳還暈。

原來不管被拒絕幾次都會傷心。

「不過你今天很帥，我從來不知道你這麼厲害。從小的印象都是你皺著眉頭、若有所思的文靜樣子，這次真的改觀了。」

靜芸的安慰其實沒有太大效果。

學校的廣播器突然響了：「教官室廣播，二年七班陳大樹同學，請立刻到厚德樓的頂樓！」

「大樹，教官為什麼要你去厚德樓的頂樓？」靜芸疑惑的看著我。

佳欣！

我狂奔出去，往頂樓跑。看了手錶，離約定時間已經過了半小時，午休都要結束了。

想起當年的情景，佳欣該不會已經站在天臺圍牆上了吧？

不過教官和老師們應該都在頂樓，搞不好佳欣已經被勸下來了。

只是如果被勸下來了，何必還要我上去？應該是把我跟佳欣抓去教官室訓一頓才對呀！

千萬不要有事！就算只是回憶，就算不會影響現實人生，也不要有事啊！

我氣喘吁吁的跑到頂樓，一把推開入口的鐵門，眼前圍滿老師和教官，還有一些學生。

佳欣呢？

她站在圍牆上，滿臉淚痕。

教官拿著大聲公喊：「陳佳欣同學，千萬不要做傻事！想想妳的爸媽，想想妳在學校快樂的生活啊！」

笨蛋，不要提這個！

我在人潮外圍，佳欣應該看不見我，我也只能看到她遠遠的身影。

下一秒，佳欣突然消失在我的視線。

圍觀的人，大聲尖叫。

我的腦袋，一片空白。

13

當佳欣消失在圍牆邊，我的眼前開始模糊、變暗。

身旁不斷有人尖叫，有人大喊：「救護車有來嗎？」有人往圍牆跑，有人往出口衝……

佳欣掉下去了嗎？她沒事吧？

我的頭好暈。

感覺在黑暗中不斷的旋轉，這次非常久，像持續了幾個小時。

為什麼要在這種時刻離開？難道是要再來一次嗎？我有機會可以挽回嗎？

我的心裡感到恐懼、沮喪、後悔，比翻車時更無助。

再來一次的話，我一定能讓佳欣平安的走下圍牆。

旋轉停止了。

張開眼睛，我回到了翻車的車內。

玻璃碎片在眼前，頭痛欲裂。

「早叫你不要這樣。」

帶路人的聲音從後面傳來，她跑到後座了。

「這只是我的回憶，像夢一樣。現實生活裡佳欣沒事，對吧？」我急忙問了帶路人。

她沉默不語。

「妳說話啊！」我大吼。

「那重要嗎？」帶路人很生氣，「你別忘了現在是什麼處境，你的任性和冒失造成這些事，憑什麼對我大聲？」

我的眼淚不斷流下，卻無力反駁她。

我以為可以在自己的回憶裡肆意妄為，反正對現實生活沒有影響。但沒想到會發生這麼嚴重的事，我沒有因為那是回憶，而不感到內疚。

「我勸你乖乖的把人生跑馬燈看完，不要再任意的更動。別人的跑馬燈是一串燈泡，你的根本是燈會。」帶路人無奈的說，「我們通常不允許將死之人，去更改跑馬燈的內容，也從來沒有人想要去做，就是因為沒有任何好處。」

我深呼吸了幾次，試圖穩定情緒。「抱歉，我懂了。」

帶路人嘆了一口氣，沒有再說話。

「所以，佳欣不會有事，對吧？」

「理論上，她不可能有事。那是過去，根本不是同一個時空。」

時空？

「等等，妳說『時空』是什麼意思？這些不就是我的回憶嗎？我剛剛做的所有事，都只是腦內想法，不是嗎？」我急忙問。

「當然不是。人類的記憶是不準確的，往往跟事實有很大的差距。如果人生跑馬燈是希望讓人真實的去回憶，當然不能完全依靠自身的記憶。人的大腦有自動美化功能，對於好的回憶總是加油添醋，對於討厭的回憶要不是美化它，就是故意遺忘。」

「所以我剛剛並不是像在作夢？」我開始冒冷汗。

「這跟作夢相差十萬八千里。簡單來說，你就是回到那個時空了。」

我目瞪口呆。

「時間並不是線型，而是比立體更多面相的一種存在，每一刻發生的事情都在那個時間的內容裡，都在驗證宇宙、生命的意義。每一毫秒都是單獨的存在，卻又緊密的相連。」她越說越玄，「我知道你聽不懂，白話說，就是你回到了那個時空。」

「妳是說穿越？妳知道這種哏都被玩爛了嗎？」

「你要說是穿越也可以，但那些時空跟你沒有任何關係。就算你改變了什麼，產生了新的未來，也跟你無關。」她說。

我非常確定這個哏好萊塢用過。

「你不要再開玩笑了，快點走完跑馬燈，離開吧！」帶路人瞬間又回到副駕駛座，指著我說。

「我想確認一下，所以佳欣墜樓的事，會成為一個新的未來是嗎？」

帶路人翻了白眼，無奈的點點頭。

「那我再開始走跑馬燈，走的是這個新未來嗎？人生跑馬燈的規則我實在不懂，它有時候不斷帶我回去同一個時間點，有時候又毫不留情的把我帶回來。」

「這一切都是你決定的。」

「我？」真不可思議。

「別忘了，帶你回去的是你的意識，香味、音樂都只是鑰匙，幫助你找到潛意識裡最想回去的時間。要在那個時空做什麼、待多久，全由你自己控制，只是因為潛意識比你更強，在你頭腦還沒做決定之前，就直覺反應了。」帶路人慢慢說道，「至於再回去是不是新未來，我也不知道。畢竟你產生了太多新的未來。」

聽完我沉默了。這一切果然都是我造成的。

「快把跑馬燈走完吧，時間有限。別忘了你眼前的玻璃碎片，它並不是靜止不動，只是用非常緩慢的速度前進。當它刺進你的眉心，你就一定要離開，潛意識再強也沒用。另外，我希望你不要再不斷更改回憶了，會對你的大腦產生很大的負擔。你的頭痛並不是因為被揍，而是更動回憶的關係，在死前沒必要多受苦。」帶路人說。

「我知道了。」

帶路人轉動車用收音機，播出音樂前奏，又是似曾相識的歌。

我閉上雙眼，陷入黑暗的旋轉中。

這次很快。

旋轉停了下來。我發現自己趴在電腦桌上，眼前是一臺笨重的螢幕，螢幕上開著舊版的WORD軟體。

我看了一下周圍，是大學的租屋處。

大學時期我一個人住在校外，一間幾坪大的小套房裡，只有床、電腦和衣櫥。那時候很孤僻，常常在電腦前待一整天。

我仔細看了螢幕上，竟然有MSN，還有人正在跟我聊天。

天啊！我都快忘了MSN要怎麼用了。突然，我想到可以問問高中同學，佳欣的事有沒有發生。

我打開聯絡人名單，發現大家都不用真名，是要怎麼聊天啦！

看到一個叫「春城無處不飛花」的人，是春城哥沒錯了吧！剛好他正在線上，我馬上點開聊天視窗。

「春城哥，我有事想找你。」

他沒有馬上回覆我，幾分鐘後才回：「？」

「我想問你一件事。」我接著問。

「幾百年沒聯絡，不先寒暄就要問八卦嗎？」他的回覆感覺沒有善意。

上大學之後，我的確很少跟他聯絡，高中要不是因為校刊社的關係，我們也不常說話。

「不好意思。你還記得陳佳欣嗎？」

春城哥又陷入沉默。過了一會，他回：「王八蛋，都是你害的還敢問？」

他打完這句話後，狀態就顯示「離線」。

看來這是新未來，而且是狀況很糟的那一個。

14

我呆看著電腦螢幕，不知所措。

「趕快把人生跑馬燈走完吧！」

我腦中響起帶路人說的話。

仔細想想，她說的是對的。造成這些事是我的問題，但其實我無力去挽回什麼。換句話說，就是因為之前我刻意去改變原本的軌跡，才造成很多不能收拾的局面。就算現在知道當時發生了什麼事，佳欣究竟有沒有受傷或是死去，我又能改變什麼呢？

應該順其自然。

我閉上眼睛，放鬆的靠在電腦椅背上，等待即將發生的事，然後順應它的走向。

「登登登」，是MSN的經典音效，代表有人傳訊息給我。

我點開那些視窗，大多是同學跟我討論作業、報告、球隊的練球、活動的進度。從這些對話看來，現在我是大四。

這輩子跟靜芸最靠近，卻也最心碎的一年。

我想起那個晚上，靜芸在海平面之前，問我的那句話。

「面對這片大海，你有什麼想對我說的嗎？」

這不是告白的好機會嗎？當時的我竟然語塞。

在我「生前」因為怯懦而錯失了很多時機，等到要死了，獲得重新再來的機會，卻搞砸了。

我到底在幹麼？心中充滿悔恨和對自己的厭惡，不禁流下淚來。想不到臨死前，還是一樣討厭自己的個性。

一陣熟悉的音樂響起，是NOKIA的經典鈴聲。

來電顯示：阿嬤，我接通。

「樹啊！你在幹麼？」話筒那端傳來阿嬤一如往常，響亮如洪鐘的聲音。

我趕緊把眼淚擦掉，「沒有啊，在寫報告。」

阿嬤聽到我的聲音，停了一秒，「你在哭嗎？」

被她聽出來一點也不奇怪，畢竟從國小開始，我們倆就相依為命，阿嬤太了解我了。

我也不想否認，「沒事啦，只是課業壓力比較大。」

她聽完大笑了幾聲，「騙肖仔，你從來不會為了功課哭，我看是為了女孩子吧！不要騙阿嬤啦！」

「妳講話一定要這麼直接嗎？」我回。

「愛哭還怕人講！不過聽到你哭反而是好事，代表你對這些狗屁倒灶的事還沒有麻木啊！我打來也只是想聽聽你好不好而已。」

「哭是代表你還沒有麻木。」

我一時哽咽了。這句話阿嬤從我小時候講到大，但在大四時，她離開人世之後，我已經很久沒聽到了。

聽到我哽咽，阿嬤說：「你又在哭！發生了不如意的事嗎？大樹啊，你要記得不管遇到什麼挫折，都要想辦法自己解決！我們家沒權沒勢也沒錢，為了生活一定要堅強！做了決定就要勇敢的去完成，結果本來就有好有壞，問心無愧就好！」

眼淚不斷從我眼眶滑落。我真的很想念她。阿嬤一直教我要用力生活，我上一次跟她說話，已經是她過世之前。

「你還要哭那我掛電話了，哭完快點振作起來。」

「等等！阿嬤，妳要保重身體。走路記得慢一點，不要滑倒了。」她就是因為有一天在浴室跌倒，引發了很多併發症，一病不起，最後撒手人寰。

「我的身體好得很！你不在家我還是每天去菜市場買菜，天天運動。不用擔心，把你的書讀好！」她說完就掛了電話。

我呆坐著，想著阿嬤和我從小到大的回憶，心中悲傷油然而生。

「登登登」，MSN又傳來新訊息，竟然是春城哥！

「你想知道陳佳欣什麼事？」

「你還記得有一天，陳佳欣在學校的頂樓……」雖然不知道為什麼春城哥改變心意，但先問再說。

「你說『為你寫詩』的隔天嗎？我當然記得。」春城哥回。

我實在想不到該怎麼問，畢竟新未來的我不可能不知道這段回憶，現在追問實在很突兀。

「你想知道那天陳佳欣墜樓後，發生什麼事嗎？」他說。

我嚇了一跳，「你怎麼知道？」

「陳佳欣沒大礙。全校都知道她是為了跟你告白，因而站在圍牆上，但沒人知道她最後為什麼要跳下去，也沒人知道為什麼你從頭到尾都沒出現，所以這些細節我沒辦法告訴你。我知道的是，陳佳欣在等你來的那段時間，全校的教官和老師幾乎都到了。他們早就報了警，在消防隊、救護車到校之前，體育老師們也已經把一樓鋪滿了運動競賽用的軟墊。幸好厚德樓一樓剛好就是體育用品室。」

「所以陳佳欣完全沒事？」我十分驚訝。

「也不能說完全沒事，軟墊畢竟不是這種用途。大家一直在等消防隊的氣墊來，可惜最後沒等到她就跳下來了。她運氣很好，剛好落在軟墊上，但四肢骨折，還有腦震盪。幸好之後救護車到了，立即送醫，撿回一條命。」

我如釋重負，「謝天謝地！」

「不過陳佳欣的左腳，後來走路有點拐，再也無法參加任何運動競賽。」

看到這句話，我心中十分難過。因為在我的回憶裡，佳欣沒有跛腳。

記得當時我和佳欣被記過之後，我們就漸行漸遠，與其說是因為記過，不如說是她在大家面前跟我告白，讓我覺得非常尷尬的緣故。

當時我才高中，哪懂得如何處理感情問題，不理她就是了。

後來她變得有些陰沉，還開始留長髮，不太打理自己，整個人非常灰暗。大學之後輾轉得知，她像是變了個人，不僅抽菸喝酒，男友也常換。

有一次和她巧遇，只閒聊幾句我就內疚逃跑了。

「你還在嗎？」我許久沒回應，春城哥又傳了訊息過來。

「還在，謝謝你跟我說這些。」

「說起來你也該跟我道歉。」春城哥說。

我該跟春城哥道歉？為什麼？難不成他喜歡佳欣？不對啊，我記得他很迷戀校刊社的社長。

「因為你和佳欣的事，校刊社的招生一落千丈，隔年就廢社了。」

廢社？這真的令人很吃驚，但我為何要跟春城哥道歉？要道歉也是跟校刊社的社長吧！

「廢社之後，我跟筱君的交集馬上歸零！我差一點就要追到她了！」春城哥激動了起來。

「筱君……是誰？」

「校刊社的社長啦，我這輩子最愛的女人！我生平最靠近她的時候，就是在高中的校刊社，卻被你和陳佳欣硬生生的搞砸了！我真的對你超不爽！」

「那你現在還是可以追她啊！」只要還活著就有機會，我不懂他在激動什麼。跟將死之人說這個，我只覺得春城哥在浪費人生。

「她交男朋友了！」他回。

「搶啊！」我再回。

「你少在旁邊說風涼話！快道歉，不然我馬上刪除加封鎖你！你道歉完我還有事要問你！」

看到一句話裡有這麼多驚嘆號真的很不爽。但仔細想想，如果我沒有更改回憶，春城哥的確有很多時間跟校刊社社長相處。雖然我知道他們未來並沒有交往，但剝奪了他經歷這一切的機會，道個歉也無妨。

「對不起。」我打出這三個字，翻了個白眼。

「我不接受你的道歉。」畫面上出現這句話的時候，我差點沒砸了螢幕。

我還沒來得及送出「你有病嗎？」幾個字，春城哥又丟了訊息過來：「除非你告訴我，我會不會跟筱君在一起。」

我把前一句話刪掉，打上：「我怎麼知道，你當我算命的嗎？」

「你不是從未來回來的嗎？」

看到這句話，我簡直不敢相信自己的眼睛，瞬間嚇出一身冷汗。

15

我看著螢幕，無法反應。

被發現會怎麼樣?會造成什麼問題嗎?這些帶路人都沒說啊!

「如果你不是未來回來的，就是有超能力，再不然就是外星人!我對這方面很有研究的!你一直不回覆我就代表我猜中了!」

「我剛剛去洗澡。」我一時慌亂，敷衍的回。

「陳大樹，你不是正妹，我也不是工具人。」春城哥接著說，「沒關係，我知道你不能承認，應該是回到過去有一些規則不能打破，但是我會當作你就是從未來回來的。因為你在高二的時候，有一陣子很奇怪，好像失去最近的記憶，又常講一些奇怪的用語，態度也不像高中生。現在的你就跟當初一樣。」

我依然沒有回應，實在不知道該怎麼辦。

「從那時候開始，我就去研究這些穿越時空、外星人、特異功能之類的現象，因為你讓我看到了可能性。通常回到過去會有一些規則要遵守，要不然會產生悖論，未來也不能隨意改變，否則會有更大的災難。」春城哥自顧自的說了很多，我覺得他比我還懂回到過去這件事。

「嗯。」我只回一個字。

天啊，「嗯嗯，哈哈，去洗澡」的正妹三寶已經講了兩個，現在我懂她們的心理了，原來會說這些話，是因為實在不知道該回應什麼。

「你嗯個屁！」春城哥火大了，「如果你不知道怎麼回應，我教你！你不要用肯定句就好，用疑問句或是用『如果』，這樣就不會違反規則了！」

我聽你在放屁！但這似乎也是一個方法。如果真的被春城哥發現事實，引發嚴重的事，要麼就是產生新的未來，要麼就是我死掉，這跟我原本的後果其實也差不多。

「如果我說是，你想要幹麼？」我終於回了一句比較沒問題的話。

「哈哈，果然是！我超興奮！快說筱君未來有沒有跟我在一起？」春城哥問。

「你知道當未來被預知的那一刻，就已經被改變了嗎？」我隨口亂扯。

「你總能透露一些訊息給我吧？」春城哥還是不放棄。

「如果我只能說，機會很大，對吧？」我用非常奇怪的文法，加上善意的謊言，希望終止跟他的對話。

「我就知道！我就知道最後我們終究會在一起的！」他很高興。

「恭喜你，那我要先下線嘍。」

「等等，大樹。為了報答你，我想要幫助你。畢竟你會回到過去，一定有什麼原因對吧？讓我幫忙吧！」

剛剛還連名帶姓的叫我，現在忽然變親密，未免太現實了。

「好，我有想到什麼需要幫忙的再麻煩你。」其實我才不想找他。

「沒問題，我把手機號碼留給你，有事馬上打給我。」春城哥真的很積極。

對話結束之後，我把電腦關了，總覺得太震撼，需要讓腦袋冷靜一下。

我打開房間裡那臺小小的電視，畫質不是很好，連第四臺都是跟房東分接的。手上的遙控器不斷轉臺，看著這個年代的節目，實在很懷舊。我停在《星光大道》，節目的收視率非常高，多少素人從這個超熱門的選秀節目出道，又唱紅了多少歌。對於未來的節目來說，這是多麼美好，又遙不可及的年代。

靜芸也去參加過，她念的是大傳系，當初全班一起去報名，只有少數的人通過海選，最後只有靜芸進到了後段的比賽。

在比賽的過程中，靜芸一直被網友認為是靠外貌才有人氣，歌聲根本不怎麼樣，這樣說對她並不公平。亮眼外表的確幫她累積了很多粉絲，當初製作單位知道靜芸很有人氣，當她進入前二十強的時候，就跟她簽了一紙短期合約。合約裡明訂比賽期間不能談戀愛、不能有負面新聞，還幫靜芸量身訂作比賽用的歌單，都是甜美的曲風，希望她能吸引更多粉絲，提高收視率。

靜芸的聲音雖然好聽，但根本不適合唱甜美的歌曲。

看著電視裡的她正載歌載舞的唱著王心凌的〈愛你〉，臉上的笑容在我看來如此虛假。

手機這時候響了，來電顯示：黃靜芸。

我當然知道這通電話要打來幹麼，但要再次面對已經過去的回憶，還是非常不習慣。我深吸一口氣，接通電話。

「大樹，我是黃靜芸，好久不見。」話筒那端傳來她刻意壓低音量的聲音。

「好久不見。」我心裡五味雜陳，畢竟對我來說，不久之前才在攝影社的社辦裡為她打了一架。

「我想拜託你一件事。」靜芸小聲的說。

「我答應妳。」

「嗯？我都還沒說呢！」她很驚訝。

「不管妳要拜託我什麼事，我都會答應。」我當初就是這麼回答的，不管她再問幾次，我還是會這麼說。

靜芸笑了出來，「謝謝你，那就這麼說定嘍。」

「好，沒問題。」

「哈哈，不能跳過最重要的部分就掛電話啦。大樹你等我一下，我現在在公司，我走到外面再打給你。」靜芸笑得很開心，比剛剛電視上的笑容真心多了。她所說的公司，就是《星光大道》的製作公司，應該是剛開完會。

過了十分鐘，她又打過來。

「大樹，你一口答應真的讓我很感動，但還是要讓你知道是什麼事。」

「我剛剛在電視上看到妳，恭喜妳又過關了。」我打斷她的話。

「嗯……其實我不是很喜歡比賽，但還是謝謝你。其實找你也是為了比賽。」靜芸好像有些尷尬，「大樹，我記得你會彈吉他對吧？」

「妳怎麼知道？」

「國小的時候我住在你家對面，常常在下午聽到你彈吉他。當時覺得你好厲害，過了十幾年，你應該更厲害了吧？」

我想起那段彈吉他的日子。

小時候的我沒有什麼玩具，常常溜進阿嬤的房間玩。阿嬤說除了一個鐵盒和一把吉他絕對不能動，其他都能玩。有一次我忍不住把吉他從袋子裡拿出來，眼睛一亮，這麼漂亮的東西，我愛不釋手，自己亂彈亂唱，沒想到被阿嬤發現了。本來以為會挨一頓打，沒想到她含著淚說那是阿公的遺物，我彈吉他的樣子讓她想到阿公。

阿嬤不但沒有罵我，還打開了鐵盒。鐵盒裡有很多東西，紙張、瓶罐、金飾、相片……她拿出一張泛黃破舊的紙，上面寫著〈愛的羅曼史〉，是吉他琴譜。她拿給我，叫我好好練習。我說我不會彈，阿嬤說阿公也是無師自通，看久就會了。

那時候的我，去學校圖書館借吉他的入門書，放學回家練習，每天如此，十年如一日。

「我很久沒彈了，不過簡單的應該還可以。」我回應靜芸。

「太好了！我想要請你上電視幫我伴奏。」她說。

「不是都有樂隊老師嗎？」

「下禮拜是五強決賽，有一段是不插電比賽。本來公司要幫我搭配一個吉他老師，但這次我不想讓公司安排了，堅持要找自己認識的人。」

「本來只是想證明自己有主控權，結果發現沒有口袋名單嗎？」我不自覺的說了出來。

「被你看穿了，抱歉。如果你不想上電視也不勉強，我還是可以厚著臉皮回去跟公司說。」感覺她有些難為情。

「沒問題，妳再跟我說是哪一首歌，什麼時候錄影，我們看看要不要練習搭配一次吧。」

「你答應了！大樹謝謝你！但這次不是錄影，因為五強賽是現場直播的特別節目，當天會產生冠軍喔，可以嗎？」

「可以。」

我當時答應了，雖然後來很心碎，但說好這次要順著回憶對吧？

不知道潛意識為什麼要帶我回到這段心碎的記憶，但目前也只能順其自然。

「那我回家再把資料用MSN傳給你，我先回公司開會嘍。」靜芸開心的掛了電話。

獨自在小房間裡，我不斷回想大學這段時間，好像人生所有悲傷的濫觴，就在這個時候。

16

因為我改變了高中時期的事，現在應該算是「新未來」。不過目前看起來，除了佳欣之外，只有被春城哥發現我回來的事，其他沒有任何改變。

這樣也好，我可以按照大學的回憶把跑馬燈走完。雖然對佳欣非常抱歉，但對一個將死之人來說，還能怎麼做呢？如果我跑去跟她道歉，會不會有反效果，甚至又產生一個新的未來？

不過我還是想找機會，偷偷塞一句「我喜歡妳」跟靜芸告白，了結最後的心願。

突然我的手機響了，來電顯示：春城無處不飛花。

「大樹，大事不好了！」春城哥在電話那頭慌張的說，「你是不是為了黃靜芸回來的？是為了黃靜芸，對吧？」

「你別急，慢慢說。」聽到靜芸的名字，我有不好的預感，該不會是「那件事」吧？

「剛剛我在學校的男生宿舍交誼廳裡，看黃靜芸在《星光大道》節目上唱歌。我突然想到你上次回來，如果不是因為陳佳欣，那就是為了黃靜芸啊！陳佳欣跳樓是你意料之外，但在『為你寫詩』的活動上，你的表現都是意料之內啊！」春城哥大聲的說。

他的推理沒錯，但有需要這麼激動嗎？

「可能是像你說的這樣。」我又用了「未來文法」。

「那你應該知道這件事發生了！我的宿舍裡，兩個小時內，牆上、地上都被貼滿了黃靜芸的黑函，內容非常糟糕！」

「等等，你說在宿舍裡？不對啊，應該是從網路開始的！」我不自覺說出未來。

「我唸內容給你聽。《星光大道》節目上的黃靜芸，看起來甜美可愛，其實私下生活淫亂又勢利。她國中就逃家，只因為家裡零用錢給得不夠，被警察找到的時候，她睡在陌生男人家裡。這件事還上了新聞，雖然後來被他們家用特權壓下來，但她母校——臺中高中的每個人都知道！純情的朋友們，如果覺得受騙了，快來BBS回覆『黃靜芸的祕密』這篇文章，如果留言破百我就公布細節，要求《星光大道》把她踢出去！」

「果然如此。」

我的記憶裡，這篇文章後來被貼到《星光大道》的網站留言板，引起軒然大波，造成靜芸被退賽，無緣參加決賽。當時的我充滿憤怒，卻無能為力。

「雖然在高中的時候，這件事在校內傳得沸沸揚揚，但從來沒有人證實。此時把它拿出來炒作，真是太可惡了！其心可誅！」春城哥很生氣，「應該不會影響黃靜芸的比賽對吧？畢竟下週就要決賽了。」

「應該是會被退賽。」我無奈的說。

電話裡，我和春城哥沉默了好幾分鐘。

「那你會怎麼做？難道你回來卻什麼都不做嗎？」看來春城哥也是靜芸的粉絲。

「我很想做些什麼，但根本不知道是誰放的消息，也無能為力啊！」

春城哥停頓了一下，「如果可以找到凶手呢？你會阻止他嗎？」

「會。」我不假思索。

他深吸了一口氣，「好！為了報答你，我來找凶手！BBS的管理員正好是我室友，我賄賂他一下，應該可以查到發文者是誰。」

「那就麻煩你了。」

「給我點時間，一有消息我馬上打給你。」春城哥說完便掛了電話。

我在等待的時候，心中十分不安，因為這跟我的記憶不同。當初這些內容是在《星光大道》的網站被公開，隔天靜芸就成為新聞主角，神隱了好幾天。接著《星光大道》發布她的退賽訊息，過了幾天才平息。

雖然靜芸不喜歡比賽，不過因為這種事情被退賽，又被大眾誤解，心裡非常不好受。當時我一度想成為她的太陽，但種種原因失敗了。

改變被改變的未來，應該沒關係吧？至少這次我可以查出當初是誰在搞鬼，搞不好還可以阻止它發生。

春城哥打來了，我接起電話，「這麼快？」

「我室友不願意幫忙，說什麼保護隱私權之類的。但我剛剛想到，我們和凶手應該是高中校友，就在BBS上傳訊息給他，沒想到他回了！」春城哥說。

「他回了什麼？」

春城哥支支吾吾：「他問我是誰，我說……我是陳大樹。」

「你講我幹麼?你才是跟他同一所大學的耶!」我覺得不可思議。

「你比較有名啊,畢竟陳佳欣的事……你知道的。」

「算了,然後他說什麼?」

「他說要見面!越快越好。大樹你何時有空?」

見面?不會是佳欣吧?「我現在有空。」

「好,我回覆他。」

又過了幾分鐘,他回了。

「他說要約在我的學校後山,校門旁邊的廣場,半小時後,大樹你可以嗎?」

「我馬上出門。」

春城哥的學校在山上,跟我的學校相差大約二十分鐘車程。我在騎車途中不斷的想,會不會是佳欣呢?如果是的話,那我真的犯了很大的錯。

我該怎麼勸她?我該不該跟她好好道歉?

為什麼我都要死了,還把事情搞得這麼複雜?是不是我本來就不應該貪心想得到靜芸的心?是不是本來就不該貪戀這些世俗事?是不是該豁達的離開,就像是吹過我身上的風一樣?

我騎得很快,十五分鐘就到達目的地。廣場有一盞昏黃的路燈,燈下有一個人,應該是春城哥。

他向我走過來，「大樹，好久不見。為了代表我很有義氣，我陪你一起！」

「你冒用我名字，本來就該一起。他後來還有說什麼嗎？他的口吻像不像女生？」我問。

「女生？沒有啊，是男生吧！你怎麼會以為是女生？」

「我……我想會不會是陳佳欣。」我低聲的說。

春城哥恍然大悟，點點頭，「的確很有可能是她，畢竟你之前對她做了這麼過分的事，而且黃靜芸也算是她的情敵。但我告訴你，根本不可能！」他開始分析：「第一，陳佳欣根本不念我們學校，怎麼會到我們宿舍來？第二，這你可能不知道，在跳樓事件之後，黃靜芸跟陳佳欣根本情同姐妹！」

情同姐妹？不可能啊！我的記憶裡她們完全沒有交集，難道是因為我更改了回憶？

春城哥用手肘頂了我一下，「你看，遠遠走過來的那個人，應該就是他了吧？」

我看到一個高大的身影，手上好像拿著棍子，慢慢朝廣場走過來。燈光昏暗，實在看不清楚。

他走到距離我們大約十公尺的地方，停了下來，大喊：「陳大樹，好久不見！」

我和春城哥驚訝的同時說：「王陽泰！」

王陽泰又往前走了幾步，燈光照清楚他的臉，跟我記憶中的差不多，只是鼻梁好像有點歪。

春城哥非常小聲的問我：「你跟他到底有什麼過節？全校都知道他討厭你，但沒人知道為什麼。」

我對著春城哥指了指我的鼻梁，春城哥倒吸一口氣，大聲說：「你打歪他的鼻梁！」

「我的鼻梁只是暫時歪的！會慢慢變好！」王陽泰突然大吼，「陳大樹你這個王八蛋，說好一個人來，結果你還帶人啊？」

我看他手上拿著球棒，連忙說：「你不要激動，我不是來打架的，只是想了解黃靜芸黑函的事。」

「黑函是我寫的沒錯！寫的都是當時的傳聞，我也相信都是真的，難道黃靜芸那些可憐的粉絲，沒資格知道真相嗎？」王陽泰理直氣壯。

「過去的事，不需要這時候拿出來說吧？她現在是公眾人物，你不知道這樣可能會毀了她嗎？」春城哥生氣的說。

「我就是要毀了她！我永遠忘不了高中時，她在全校面前羞辱我的樣子！明明就是一個這麼爛的女人，裝什麼清純？」

聽到這些話，正要衝上前的時候，春城哥抓住了我。

我深呼吸，「你知道的不完全是事實，新聞也不見得都是真的。」

「那你就知道事實？還是你也跟她睡過？」王陽泰輕蔑的笑著，「早知道你跟她有一腿，難怪我老實的追她追不到，原來要用這種方式。」

我一個箭步衝上去，拳頭要往他的臉上打，王陽泰急忙揮動球棒，打中我的手臂。我感覺到手臂劇烈的疼痛，可能手骨斷了。

「大樹！」春城哥趕緊把我拉回來。

「是你先動手的喔！」王陽泰指著我說。

「你帶球棒來就是想殺人啊！我要報警了！」春城哥拿出手機。

「你報警啊！打架也不是什麼大事，我叔叔是律師，他會幫我處理，到時候看誰倒楣！」王陽泰大吼。

我忍著疼痛，「沒事，不用叫警察來，我的手回去休息幾天就好。我只想知道你能不能撤回文章，不要鬧大。」

王陽泰突然發狂大笑。我以為這種情節只有電視上才看得到，沒想到會發生在眼前。他指著我，「可以！我一直想報高中的仇，你讓我打一頓，打到滿意為止。我可以考慮撤回文章，跟大家說這是亂編的故事。」

春城哥說：「你瘋了嗎？打死人怎麼辦？你真的心理有病！」

「好，我答應，但只能用拳頭，不能拿球棒。」話才剛說完，一拳已經打在我的鼻梁上，我跌倒在地，王陽泰衝過來，抓住我的領口，不斷的往我臉上猛打。

春城哥在旁邊一直喊著：「可以了吧！」

打了幾分鐘後，他的速度慢了下來。我的臉上、他的手上都是血跡。

我癱坐在地上，王陽泰鬆開了我的領口。他撿起球棒，背向我們要離開。

「剛剛說的算數吧？拜託你了。」我虛弱的吐出這句話。

王陽泰轉頭，露出邪惡的笑容，「你們去死吧！」

春城哥很生氣，「你太過分了吧！我要揍你一頓。」說完就要衝過去，我拉住他。

「沒關係，我早就知道他可能會食言。」

「就這樣，你要放他走了？」春城哥難以置信。

「我還有最後一招。」

17

我閉上雙眼，想如法炮製那次在攝影社辦公室，「再來一次」的模式。

但我沒有任何感覺。

這次不是答應帶路人要好好走完回憶嗎？這是新未來，應該沒關係吧？如果我又造成像是佳欣那樣不能回復的事，怎麼辦？

我把眼睛閉得更緊，試圖專心回到過去，臉上和手臂的痛楚令我難以專心。

看來這次失敗了，我回不去了。

我慢慢張開眼睛，看到春城哥滿心期待的看著我。他該不會以為我要使用某種超能力吧？

春城哥指著王陽泰離開的背影，大聲的說：「大樹，你再不做點什麼，王陽泰就要走了！」

「你該不會以為，我可以使用超能力吧？」我忍著痛慢慢的站起來。

「就算沒有超能力，也不該被打得這麼慘啊！哪有人專門回到過去被痛扁的？」

實在很難跟春城哥解釋這些事，所以我選擇沉默，一步一步慢慢走向機車。春城哥攔住我，「你右手臂都腫起來了，還能騎車嗎？我先帶你去醫院吧。」

其實我最想去的地方，不是醫院，而是翻車的車裡。

我真的搞砸了。沒有跟靜芸告白成功，沒有救到佳欣，沒有阻止黑函，還創造了一個更糟的新未來。

「你的手骨沒斷，但臉部和手臂有多處挫傷，我開點止痛藥給你，回家好好靜養。」急診室的醫生說。

傷勢比我想得輕很多，不知道是我身體太好，還是王陽泰的攻擊太弱了。

「該不會你的超能力就是不會受重傷吧？」離開醫院時，春城哥還在跟我開玩笑。

「你方便載我回去嗎？」我完全不想回覆他的玩笑話。

春城哥看我不想說話，回去的路上一句話也沒說。在進門之前，他才開口：「大樹，穿越時空想改變什麼事，往往都只會改變過程，結果通常不會差太多。你有機會可以回到過去，不管改變了什麼，已經是萬中選一的幸運兒了。」

我苦笑，「應該不算是幸運兒吧，搞不好你很久以後也可以。」

春城哥一臉疑惑，我拖著蹣跚的步伐走進房間。

回到房間後，我拿出手機，機殼上布滿裂痕，看來是打架的時候弄壞了。

我坐在電腦前面，看著螢幕下一整排的MSN視窗正在發亮，其中有一個暱稱是：一個充滿勇氣的靈魂，不斷來回於高度亢奮和麻木境地的低潮之間。

那是靜芸。

自從我有靜芸的MSN以來，她的暱稱一直都有非常明顯的文青和憂鬱感。當她越來越有深度，我就覺得自己離她越來越遠。

我點開視窗，靜芸把下週要表演的曲目和注意事項跟我說，也約隔天練習，看來還不知道黑函的事。

我被打傷的右手，雖然骨頭沒事，但大概是無法彈吉他了。我回覆了靜芸，一併告訴她事情的始末，包括黑函。

「聽你說完，我覺得鬆了一口氣。」我很意外靜芸這麼說。

「其實在高中畢業典禮後，王陽泰又跟我告白了一次，但我還是拒絕他了。我覺得他是一個很好的朋友，在攝影方面教我非常多，但總感覺自己和他很難再更進一步。我跟他說希望能維持朋友關係，顯然他不接受。」

我都不知道該說王陽泰是太過專情，還是由愛生恨？

「至於比賽的事，我看得很開。大樹，我其實不是自願要參加電視選秀比賽的，那個時候全班決定一起參加，我就表達了強烈的拒絕。後來卻陰錯陽差，一路走到這裡了。」靜芸說。

「妳不想參加是因為怕舊事被重提嗎？」

「不完全是。當然我也不希望這些事被翻出來，現在被更多人知道，的確有種被二度傷害的感覺。但站在舞臺上，戴著偽裝的笑容，接受虛假的崇拜，才是我的壓力來源。時時刻刻把真正的自己關起來，讓我有很深的窒息感。」她越講越沉重。

「如果這封黑函被貼到《星光大道》的節目網站，妳很有可能被退賽，這樣也沒關係嗎？妳要不要先跟公司說這件事？」我試著提醒她將來會發生的事，也許黑函無法被阻止，但先讓製作單位知道，應該可以想出一些因應方法。

「我會跟公司說，但不是為了繼續比賽，而是主動退賽。」靜芸的話讓我非常驚訝。

「其實我自己知道，跟那些厲害的選手比起來，我早就該被淘汰了。讓我留下來的，是那些喜歡我在電視上的樣子的人，但那不是真正的我。每當公司要我唱不喜歡的歌、帶著虛偽的笑容時，我覺得心裡非常壓抑。」

「我知道妳一直都很辛苦。不管發生什麼事，我會一直陪著妳。」這是我的肺腑之言。

「大樹，謝謝你。雖然我覺得這些話很難實現，可能哪天你交了女朋友人就不見了，這種事常常發生。」

「相信我，我會一直在這裡的。」

「謝謝，我真的很感動。對了，你的傷勢還好嗎？有去看醫生嗎？」

「有看醫生了，沒什麼大礙。」

「那你明天晚上有空嗎？我想請你吃飯，當作答謝。」

靜芸請我吃飯，這件事在我的未來也發生了，吃完飯我們還去了海邊，聊天聊到快天亮。

在海邊那時，應該是我這輩子離她最近的時候，如果我做好準備，告白一定會成功。但當時我聽完她的故事，腦袋裡因為裝滿思緒，錯過此生最好的告白時機。

「沒問題啊，但我手機壞了，我們直接約晚上七點到餐廳吧。」我回。

「除了答謝你之外，我也想好好跟你說那些流言的真相，可以嗎？」

「當然好，但以我的力量可能無法在網路上為妳平反。」

「沒關係，我只希望自己重視的人，能夠知道真相。也許哪一天，你會幫我寫成一篇文章，對吧？畢竟你高中是校刊社的。」靜芸實在太抬舉我了。

「我這輩子都會為妳守住真相。」這是我可以做到的承諾。

「哈哈，你說得太誇張了。孩子，該睡了。」靜芸有時叫我孩子，她說這不是玩笑話，而是悠久的時間長河裡，我們都只是孩子。

黃靜芸的靈魂，在多年前就比我成熟了。

靜芸下線之後，我吃了些醫生開的止痛藥，傷口感覺好多了。

我躺在床上，想著回憶裡在海邊的那天晚上，靜芸笑著問我：「在這片寬闊的大海面前，你有沒有什麼要跟我說的？」

當時的我愣住了，一言不發。如果我跟她說「我喜歡妳」，搞不好會成功？但只說「我喜歡妳」是不是太簡單膚淺了？應該多說些什麼吧？畢竟在她跟我講完人生故事後，我就趁亂告白，這樣不太好。

我從床上爬起來，坐在書桌前，想著要寫下一些草稿，明天才不會又愣住了。

這時鼻子突然有液體流了出來，滴到桌上。

是鼻血，而且不斷的滴下來。

可能是剛剛被打的時候傷到了，我拿了衛生紙塞著，沒想到衛生紙一下子就滿是鮮血，換了一張，也是一樣情況。

隨後感覺頭暈目眩，是止痛藥的副作用嗎？還是有傷到頭部呢？

我眼前一黑，一頭撞在書桌上。

18

眼睛睜開，我站在媽媽的墓碑前，臉上滿是淚痕。

我的手很小，那應該是媽媽病故的隔年。出生就沒有爸爸的我，從小媽媽帶我住在娘家，對我的管教非常嚴厲，她希望沒有爸爸的小孩，一樣可以出人頭地。

她必須母兼父職，從早到晚都在工作，每次我見到她的時候，都已經是睡覺時間。在我起床之前，她又得出門工作。

媽媽沒有時間照顧我的生活起居，都是交給阿嬤來做。阿嬤很疼我，覺得我是可憐的小孩，常常偷拿糖給我吃，每當我哭的時候也會安慰我。在媽媽因病過世之後，雖然她還是疼我，但看到我哭，都希望我能勇敢面對悲傷。

如今回到小時候，面對媽媽的墓碑，我想起長大後有許久沒有來墓地看媽媽了，有很久沒有回去陪阿嬤了。

回憶裡我的淚水不停往下掉，也不知道為什麼。

突然感覺頭頂一陣溫暖，有一隻手正輕撫我的頭，抬頭一看，是阿嬤。雖然我哭得厲害，她只溫柔的看著六歲的我，眼中沒有任何悲傷。

「大樹，你知道你為什麼叫大樹嗎?」阿嬤說，我搖搖頭。「阿嬤希望你像大樹一樣，小時候用力站穩地基，長大後自信的開枝散葉。別人盼望陽光是因為身處黑暗，但你要利用陽光行光合作用。」

我一臉疑惑的看著阿嬤。

阿嬤，妳講這麼困難，六歲的小孩怎麼聽得懂?

「樹木是吸進二氧化碳，吐出氧氣。」她邊說邊拿了一個透明的小瓶子給我。

「這是什麼?」我問。

「這是勇氣。阿嬤希望你像大樹一樣吸收這些不好的能量，產出勇氣。就算你只是個平凡人，也可以為那些痛苦的人帶來希望。」

小孩真的聽不懂啦!但我手中握著那個小瓶子，心中滿滿的溫暖。

眼前突然又一片黑，我像是困在一個全黑的房間，四周無光。

「大樹!」帶路人的聲音傳來，「你最好趕快回來，你開始流鼻血了!」

「什麼意思?」

「應該是你改變了回憶，腦袋裡一下子裝進太多新回憶，負荷太大了。這樣下去，玻璃還沒殺死你，你就失血過多死了。」帶路人聽起來很著急。

「應該沒差吧，反正都是死。」我說。

「不是這樣!身體受傷，靈魂也會受傷。不管你在任何時空，都會對當下的身心造成損害。」

「好，我知道了。」

「你不要說得這麼輕鬆!快點走完回憶，回來!」帶路人的聲音漸漸變小。

我頭有點暈。

「大樹，你還好嗎?」靜芸在我面前，急忙拿了衛生紙給我。我感覺鼻血不斷流出。

眼前景象在深夜裡的漁人碼頭，我身邊只有靜芸，我又到了回憶裡，這次直接進重頭戲了。

我接過靜芸手上的衛生紙，塞住鼻子，她看了我的樣子，噗哧一笑。我手上還是包著繃帶，看來還在新未來。

「昨天我說要跟你說真相，對吧?」靜芸瞇著眼笑著。

我靜靜的看著她，等著她說話。海浪的聲音，一陣陣從耳邊拂過。

「大樹，在那之前，我有一個問題想要問你。我們想起一個人的時候，都會有一些特別印象深刻的畫面、表情或者事件，你想起我會想到什麼啊?」

我記得當時我回「開心的跑步」，她一臉疑惑，問我什麼時候開心的跑步，接著就歪樓了。

「應該是笑聲吧。妳笑的聲音，有一種充滿希望的感覺。」這一次，我認真回答。

靜芸聽完笑了出來，就是這個笑聲。

「高二那年，我們再見面之後，你總是露出一副眉頭糾結的憂鬱表情，害我後來對你的印象都是這樣。」

「我的眉毛就是要長得這麼近，我哪有辦法?」

「你可以剃掉，用畫的。畫成半圓型，就不會憂鬱了。」她邊說邊笑，「其實小的時候，你給我的印象並不是這樣。」

「那是怎樣?」這段我好像沒聽過，新未來裡有新過去?

「小六那年，我們家遭逢巨變，我爸爸的事業出了一些問題，原本很和樂的家庭開始每天吵吵鬧鬧。爸爸和媽媽不是吵架，就是冷戰，地板上常常有破碎的杯子、盤子，媽媽經常以淚洗面。有一天，我從舞蹈教室回家，看到他們兩個打了起來，覺得好害怕。原本是保護我的父母，竟然在我面前大打出手，好像對方是仇人一樣。我嚇得跑出去，躲在覺得安全的地方。」靜芸的口吻異常平淡。

她說完我才想起來，小時候好像有這件事。

「妳說的是躲在我家門外的那一次?」

「對。你們家門口停了一輛車，我躲在車子和圍牆的夾縫裡一直哭。我心中很害怕，想回家但不想看到他們打架，也怕自己被打。之後聽到爸媽從家裡出來，不斷叫著我的名字，聲音很著急，聽不出任何怒氣，我更害怕了，他們好像變了個人。」

「然後我從家裡走出來，一眼看到妳躲在那裡，對吧?」這段我記得，「妳哭得很傷心，明明聽到爸媽在叫妳，妳的眼淚仍然不斷掉下來。」

「後來媽媽找到我，她在夾縫外親切的笑著，叫我回家。但我覺得虛偽、覺得可怕，不敢走出去。爸爸也走了過來，當他越走越近的時候，我心裡居然產生巨大的恐懼。我不想回家，當時是這麼想的。忽然有一個小孩的背影，張著雙手，擋在我們中間。大樹，那就是我對你的印象。」

「這麼帥?」我滿意外的。

「後來只要看到強壯的背影，我都會想到你，想到我該鼓起勇氣。大樹，謝謝你。」靜芸微笑。

這個故事我從來沒聽過，也許這是到了新未來以後，得到最好的一個新回憶。

「後來爸爸因為害怕別人的眼光，要求我和媽媽維持幸福家庭的假象。你可能無法體會，不能大聲的吵架有多麼扭曲和壓抑。我媽媽嘗試自殺，爸爸不常回家，原本令人稱羨的家庭，就此破滅了。」靜芸的眼光凝望著遠方的海洋，語氣平靜。

「後來就搬家了嗎？」我問。

「對，爸爸不想被人閒言閒語，就搬走了。到了新環境，爸爸的工作還是沒有太大起色。國中開始，我跟爸媽的關係很不好，尤其是媽媽。爸爸希望我們對外維持和樂家庭的樣子，媽媽常把氣出在我身上。我心裡承受很大的壓力。」

對一個進入青春期的孩子來說，這種壓力可能非常巨大。

「有一天，我覺得自己病了，心裡病了。世界不再可愛，心中沒有歸屬。下課後我走到客運站，用口袋裡僅剩的錢買了一張到臺北的車票，為什麼是臺北我也不知道。到站之後，我漫無目的的一直走，邊走邊哭，最後走到了一個舊商場的頂樓。站在高高的圍牆上，風冷冷的吹過來，我滿臉都是淚痕，心中突然有一股衝動。」

「所以，沒有什麼為了零用錢逃家，而是一趟自殺之旅？」其實我聽過這個故事，但我還是適時回應，讓她接著說。

「新聞報導也不全是錯的，我的確逃家了，家人的確有報警找我，我也真的被陌生男子帶走了。」

「所以陌生男子真有其人？」

「在圍牆上的我猶豫了很久，最後決定往下跳的時候，有個人拉住我，就是那個陌生男子。現在想起來，他應該不是什麼好人。後來他拉著我，說要去他家，我就跟著他，像行屍走肉一樣。」

「所以妳真的去了他家？」我問。

「沒有。我有個臺北的筆友，是大我幾歲的哥哥。我常跟他通信聊心事，也互相寄相片，他總是安慰我，給我鼓勵。想不到我們竟然在街頭巧遇，他跟陌生男子說我是他的妹妹，結果那個男人居然相信，就讓他帶我走了。後來筆友哥哥帶我到他家，報警讓家人帶我回去。他真的沒對我幹麼。」靜芸露出一抹淺淺的微笑。

「沒事就好，想必妳的爸媽很擔心妳。這件事應該會讓你們家有些變化吧？」

「我不見的時候，爸爸直接打電話請認識的警察高層幫忙，警察出動了非常多人力，在找到我之後，對於我是到臺北自殺的說法完全不採納。他們編了一個故事，記者又在報導上加油添醋，最後就成了這樣聳動的新聞：富家女要不到零用錢，逃家到臺北，最後在陌生人的家中被發現，富家女還不願意回家。」

我嘆了一口氣，「這段時間辛苦妳了。」根據我的記憶，這個假新聞困擾靜芸非常多年，很多人帶著有色眼光看她，她也無力辯解，造成往後靜芸的憂鬱症越來越嚴重。

以前我曾經問她，每當被誤會時，為什麼不當場解釋清楚？她總說反正也說不清楚，只要還是有很多相信她的人就好。我對她說，如果是我，當然要全力反擊啊！就算澄清一萬次，只要越多人知道真相，就值得去做，不是嗎？

靜默幾分鐘之後，她說：「我總覺得，真相重要嗎？這個世界關心真相嗎？反正久了也習慣了。」

「不行啦，妳應該要反擊！雖然我知道妳總會笑笑帶過，但只要能多讓一個人了解真相，都是該做的事！」我還是一如往常的建議，想必又要被打槍。

不料靜芸轉過頭來，眼神帶著光芒，「對，這次換大樹你幫我了，我想在全國觀眾面前說出真相！」

我愣住了。這個新未來實在太跳TONE。

19

「妳認真的嗎？妳……要澄清？」這跟我記憶中差了十萬八千里。

靜芸一臉認真，「以前的我，的確會覺得何必澄清？再怎麼澄清也沒用。但有個人跟我說：『等待被拯救的人，不代表不能成為別人的救贖。』也許有很多人跟我一樣，正深陷在痛苦和謊言中，無法脫身。如果我可以站在舞臺上，告訴他們不用害怕，是不是也能成為別人的救贖?」

眼前的靜芸，跟我印象中的不太一樣。

「大樹，你還記得高中有一個學妹，叫陳佳欣嗎?你一定記得，因為她曾經為了你從頂樓跳下來。」

靜芸的口中吐出令我驚訝的名字。

「那件事之後，佳欣每天都要到輔導室報到，因此我們慢慢熟了起來。原先她對我很有敵意，也對你懷恨在心，後來我跟她說，你在攝影社社辦救了我之後，急急忙忙跑上頂樓的事，她的態度開始有些軟化。」靜芸娓娓道來。

這就是新未來。在我的記憶中，靜芸跟佳欣根本不熟，佳欣知道我喜歡靜芸，但她們沒講過幾句話。

「我也跟佳欣說了自己國中自殺旅程的事。她說她從沒相信那些謠言，聽到我在臺北的高樓上也想往下跳，竟然跟她曾經發生的事如出一轍，覺得不可思議。我跟她說，其實比起被硬拉下圍牆，我們更希望有人說:『不要害怕，不管發生什麼事，我都在妳身邊。』對吧?我說完，佳欣大哭了一場。之後我們決定互相交換那些痛苦的想法，互相拉住對方。」

對我來說，這段新過去算是超展開，我好像反而被邊緣化了。

靜芸微笑看著我，「我和佳欣後來發現，我們有個共同點，就是你，大樹。」

「我?」

「你是個很溫暖的人，在你身邊總會有安心的感覺。」

我沒有接話，只想著我哪裡溫暖？在每次失敗的告白、人生的挫折，對重視的事無能為力的時候，心中只有黑暗和狂風暴雨，沒有溫暖。

「所以我希望下週五的時候，你能到攝影棚陪我。」靜芸說。

「攝影棚？我以為妳被禁賽了。」我的記憶中靜芸是被禁賽了，而且因為公司想要冷處理，滿長一段時間她沒有再出現在電視上。

「你怎麼知道禁賽的事？」靜芸有些驚訝，「公司一看到那些謠言和網路上的反應時，要求我馬上退賽，盡量不要出現在公開場合。他們說會在總決賽開始前，先公布我退賽的事。但今天下午我接到電話，公司的態度一百八十度大轉變，決定在總決賽前，用全國直播的方式讓我澄清這件事，問我願不願意。原本我想拒絕，但稍早佳欣傳了MSN給我，說不管別人怎麼說，她會用她的方式為我澄清。」

看來我改變的過去，牽一髮而動全身。

「朋友們想盡辦法為我澄清，我卻躲在家裡，不是太懦弱了嗎？所以我答應了。公司說也可以帶一些朋友到現場，為我加油打氣，增加信心。」靜芸的眼中露出少見的光芒。

「好，我也去。」雖然不知道下週總決賽時，還在不在這個身體裡，但我相信自己，當然會義無反顧的挺靜芸！

「太好了，謝謝你。」靜芸對著我微笑。

海風吹來，在秋天有些微涼。漁人碼頭的燈大多關了，只剩下一些照明用的光。我和靜芸沿著碼頭走向海邊，海浪的聲音令人放鬆，她在我身邊，表情非常平靜。

靜芸很喜歡海洋，無限寬廣，彷彿有無限大的包容，什麼煩惱和難題都可以拋向大海，放空自己。

多年前，我們一樣在這裡走著，當時靜芸停下腳步，張開雙臂，像環抱大海一樣，她問我：「面對這片大海，你有什麼想對我說的嗎？」

那時的我，一句話也回答不出來。

往後的幾年，每當想起這件事，我都在想，以當時的浪漫氛圍，是不是回答些什麼，靜芸就有可能投入我的懷抱？於是我常常琢磨著，寫了很多文章，希望有天能再回答一次。後來我有個機會，可以把這些話轉交給靜芸，但最後還是失敗了。不過這是另一段故事了。

我們走到最靠近海的地方，兩人並肩而坐，海面映照月光，粼粼波光像是玻璃碎片落在海上。

雖然很美，我轉頭看了靜芸的側臉，她比夜裡的大海更美。

發現我在偷看她，靜芸有些不好意思，她說：「大樹，面對這片大海，你有什麼想對我說的嗎？」

來了！我一直沒弄清楚，這句話是希望我告白，還是只是隨口問問。但管他的，這是我死前最後的機會啊！

「無法成為陽光，就成為海吧！妳心情不好的時候、想沉靜的時候，來看看我。我的心也該像大海一樣寬大，不管海面下如何洶湧，一樣能保持平靜。成為一種力量，對妳而言。」

這段話，我寫下多年，現在無法用文字表白，就直接說了。

靜芸聽到我唸完這段話，愣了一下，然後笑了。「大樹，你七步成詩嗎？怎麼好像你早就準備好要回答了。」

「我的確準備好了。這麼多年，我每天在心裡唸著，希望妳天天開心、睡得安穩，有人能給妳擁抱，那個人不是我也沒關係。如果死前有最後一個願望，我會這麼許願。」這是肺腑之言。

靜芸皺了一下眉頭，「大樹，你太誇張了。但我真的很感動，謝謝你。」

「答應我，不管以後遇到多大的挫折和痛苦，記得至少還有我，是永遠支持妳的力量。」

我非常誠懇的說完，想著要不要順勢告白，搞不好這是最後的跑馬燈了。

當年我曾想告白，最終還是作罷。當時靜芸有男朋友，是她的國中同學，正在國外念書。如果我現在告白，也許會失敗，但我不想就這麼死掉，至少要再跟她說一次「我喜歡妳」。

「靜芸，我……」

正當我要告白的時候，靜芸打斷我，「陳大樹，我真的好喜歡你！」

我感覺整張臉瞬間漲紅。

她看到我漲紅的臉，急忙說：「我讓你誤會了嗎？其實我很習慣表達對一個人的喜歡，尤其是好朋友們。我好像比較適合生活在國外。」她乾笑了一聲。

海風在秋夜裡吹著，越發的冷。我的視線始終看著海平面，靜芸也是。世界安靜得像只有我們兩人，不用說話也能感受互相陪伴的溫暖。這樣的感覺，也許比口頭上答應我的告白來得更溫暖、更貼近心裡吧。

「走吧，很晚了，妳該回去了。」我站起身。

靜芸沒有站起來，她的雙臂環抱著膝蓋。「如果時間能停止該有多好。」她慢慢的吐出這些話，「看著大海，總讓我很安心，很舒服。你在我身邊也是。」

「妳願意的話，我們每天都來。」我看著大海，雙手插在口袋裡。

「大樹，你喜歡我嗎？」靜芸說出我從沒聽過，但這輩子最想聽的話。

我愣了一會，說：「我當然喜歡妳。」

「太好了，謝謝你。」靜芸輕輕的笑了。

這是一種拒絕嗎？除了好人卡，還有感謝卡？

「我也喜歡你。」她說。

我不敢相信，感覺自己鼻血好像快噴出來了。

「是感情的那種嗎？還是又是好朋友的那種？」我問。

「有時候可以讓我依賴你嗎？」她回了這句話。

「一輩子都讓妳依賴！」我反射性的回答，「等等，不對啊，妳不是有個國外的男朋友，叫Thomas還是什麼鬼的？」我不小心脫口而出。

靜芸嚇了一跳，看著我說：「你怎麼認識他？」

「就……有聽妳說過，覺得你們好像滿有機會在一起的。」我只好說謊。

「我們前兩年的確有聯絡，也滿有機會的，不過後來就不了了之。」靜芸站起來，「我們走吧！」

看來這件事也被改變了，只是我的蠢問題破壞了剛才的氣氛。

靜芸轉頭要離開，我拉住她，「黃靜芸，依賴我一輩子吧！」

她回過頭來，眼角有些許淚水。

「好啊。」她答應了。

我的腦袋一片空白。成功了嗎？我可以安心去死了嗎？

「但我希望你能答應我一件事。」

20

我的鼻血又噴了出來。

「大樹，你還好吧？今天一直流鼻血，是不是受傷了？要不要去看醫生？」靜芸很擔心。

反正都要死了，流點鼻血對我來說一點也不嚴重。

「沒事，現在是我人生最重要的一刻，這點鼻血不算什麼。」我用面紙塞住鼻孔止血。

靜芸聽完笑了出來，「大樹，你今天講話都很誇張。其實對我來說，你一直都是非常特別的存在。人生中最害怕的那幾次，你總會在我面前保護我。你是世界上最讓我感到安心的人。」

我彎下腰，對靜芸做邀舞的動作。動作很不標準，畢竟我身上還有傷，尤其是右手。

「你向我邀舞嗎？邀請我收下，舞等你的傷好了之後再跳吧！」靜芸把手放上我的手掌。

我牽著她，慢慢的走。一路上海風輕吹，浪潮聲漸遠，我覺得這是人生最美好，最浪漫的一刻。

「大樹，你不好奇我要你答應什麼事嗎？」

我只是搖搖頭。

剛剛靜芸說要我答應她一件事，我根本沒放在心上，因為我要的已經得到了。浪漫的時刻不知道還有多久，等我回到翻車的現場，就要接受死亡的洗禮，跟著帶路人離開人世了。

靜芸輕輕將頭靠在我的背上。她說：「愛情讓人快樂，但也讓人瘋狂。從十幾歲到現在，我們經歷了愛與不愛，知道當愛情出現副作用，很多事都會回不去了。短暫而燦爛的愛情，真的是我想從你身上得到的嗎？會不會在愛消逝之後，我們就形同陌路？那些我曾經得到的勇氣和依賴，一瞬間就消失殆盡，只剩下悔恨？」她停頓了一下，「如果之後會很痛苦，那我們是不是維持現狀比較好？」

「人生很短，可能比我對妳的愛還短。我只知道現在一旦放手，就什麼也沒有了。」我覺得心裡很酸。

「不管人生長短，我不想和你的感情變質。不想我們開始嫉妒、猜疑、充滿占有欲，最後只剩下謊言和後悔。每次分手決裂都是一場毀滅，我們能倖免嗎？」

「能不能倖免不知道，但我會一直陪著妳，不管發生什麼事。」我有些哽咽。

靜芸把臉埋進我的背，我感覺衣服上有些眼淚。

「大樹，謝謝你。」靜芸輕聲的說，「你真的就像一棵大樹。請你答應我，下週五，在我對全世界公開自己的過去之後，讓我第一時間投入你的懷抱，可以嗎？我想在那天，跟過去的我訣別，忘記童年的陰影，忘記高樓的圍牆，忘記行屍走肉的自己，也徹底忘了太陽。」

「太陽？」

「當時那個救我的筆友大哥哥，就是我的太陽。我們在通信的過程中，早已不是一般朋友，他就像是我的希望和救贖。這幾年我們失去聯絡，我甚至不知道他的真名，不過在我心中，一直把他當成最後的歸宿。這次是個好機會，我想忘了這些事，包括他。」靜芸的頭離開我的後背，手牽著我，沒有說話。

我聽懂了靜芸的意思。她現在沒辦法全心全意跟我交往，因為心中還有許多複雜的陳年往事，對「太陽」也還有依戀。下週五在電視上的澄清機會，對她來說是個斷點，是個開始全新自己的起點。

「別說下週五，一輩子我都可以等。永遠可以等妳變成更好的自己。」我說。

靜芸對我笑了。

「大樹，我也希望你可以去找佳欣聊聊。」她冷不防的給了一個令人頭痛的要求。

「為什麼？」

「這是為了你，也是為了佳欣。雖然佳欣看起來好像沒事了，不過我知道她心中始終有個結打不開。你也是吧？這麼多年過去了，放開心胸聊聊吧？這就是我希望你答應我的事，我們都把心中的結打開，把更好的自己交給對方。」靜芸雙手牽住我的左手。

「好。」我也笑了。

我們慢慢的離開碼頭，天色微亮，應該是淩晨四五點，我的頭非常暈，不知道是鼻血流太多，還是要離開這裡了。

眼前一黑。

看來離開了，會回到翻車的座位上嗎？其實我已經沒有顧忌了，後續交給那個時空的我，應該也可以做得很好。

這次時光轉移比之前更不舒服，但我心情相當輕鬆。雖然經過了很多波折，最終還是完成心願，終於可以放心去死了。

純黑的旋轉停止，我睜開眼睛，在大學租屋處的床上醒來。

咚、咚、咚。

有人在敲我的房門。

「大樹，你在嗎？」是春城哥的聲音。

我站起來開門，頭還有點暈。

春城哥拿著我的NOKIA，我有點疑惑，「我的手機怎麼在你身上？」

「看來你現在又是未來人了。你記得有一天晚上，我們去找王陽泰嗎？你被狂揍一頓，手機也壞了。」他一副不耐煩的樣子。

我點點頭。

「隔天你傳MSN給我，質問我把你約出去到底做了什麼事。我費了九牛二虎之力，才說服你是自己跌倒。你卻硬說手機是我弄壞的，要我負責修好，為了不讓你再煩我，我拿去修好了。」春城哥說完還翻了個白眼。

我接過手機，「真不好意思，謝謝你。」身體被未來的自己借用了，這種事怎麼說明也不會有人相信。

「我應該叫你給我某期的樂透頭獎號碼，或是跟我說哪支股票將來會大漲，當作回報。希望你沒騙我，我最後真的可以跟筱君修成正果。」春城哥說完準備離開。

「大立光。」我說。

「啊？什麼？」春城哥驚訝的看著我。

房間裡的電視傳來《星光大道》廣告的聲音，總決賽的選手之前歌唱的片段被剪輯在廣告裡，獨缺靜芸。

廣告最後出現預告：「黃靜芸即將正面迎擊謠言！」然後出現靜芸對鏡頭深深鞠躬的畫面，「今天晚上八點，星光大道總冠軍賽，現場直播！」

是今天？那我怎麼還在這裡？

我想起剛剛春城哥講的我，對這些事情如此脫節，該不會我也還沒去找佳欣吧？

那是我答應靜芸的事啊！看了時間，下午一點，應該還來得及。

「春城哥，如果你有空，可以載我去個地方嗎？你也知道我現在沒辦法騎車。」我舉起受傷的右手。

「天啊！我欠你太多了吧！現在還要當你的司機？好吧！你最好不要去太誇張的地點。」

「你知道去哪裡可以找到陳佳欣嗎？」

「我哪會知道啊，這應該要問你吧！」春城哥的白眼要翻到後腦杓去了。

問我？就算不是新未來，我也不知道陳佳欣現在會在哪裡啊。

對了！我打開MSN，查看和靜芸的對話紀錄。果然有！我趕緊抄下來，把地址拿給春城哥。

「還好不遠，走吧！等等在路上，記得跟我講一下，現在到底是什麼狀況。」

到了目的地，是一家不太起眼的烘焙坊。春城哥堅持不跟我一起進去，直說他在場太尷尬了，等我跟佳欣聊完打給他，他再跟我一起去《星光大道》的錄影現場。

下午的烘焙坊沒有太多客人，我可能趕上了出爐時間，店內的麵包非常香，是我從沒聞過的味道。

在櫃檯的應該是老闆娘，從我走進店裡她就對我投以異樣的眼光。

「請問陳佳欣在嗎？」我問。

「你是她的朋友嗎？」老闆娘露出疑惑的表情。

「算是吧，我是她高中學長。」

「喔……難得她有朋友來，她應該在店門口左邊的櫥窗旁邊。」

我走出店門，看見左邊櫥窗有個胖胖的女孩在抽菸，但沒看到佳欣。

走近一看，那抽菸的女孩站三七步、染綠色的頭髮，又覺得輪廓有點像佳欣。

她好像沒看到我，把菸丟到地上踩熄，向我這邊走過來，右腳有些跛。下一秒我們四目相接，她看到我十分驚訝，「陳大樹！」

「佳欣，好久不見。」我尷尬的笑。

我不敢相信自己的眼睛。在我的記憶中，大學時巧遇過佳欣一次。當時她頭髮留得很長，快蓋住了整張臉，穿著打扮也很邋遢，整個人了無生氣，比高中時瘦了一圈。

但現在她身材大了兩號，是新未來最令我衝擊的改變。只有一個特徵沒變，她的手腕上還是有幾道刀疤。

「想必是靜芸學姐叫你來的吧？」她不屑的看著我。

「嗯。不過我也想跟妳聊聊，應該說，我想跟妳道歉。」

「不需要，我恨不得你死掉。」她竟然用非常平淡的口吻說出這種話，看來這不會是一場老朋友的寒暄了。

21

面對佳欣要我去死的要求，我有點哭笑不得。「雖然不是現在，但也不久了。」

佳欣的眼神突然認真了起來，「什麼意思？你不是要來跟我說幸福的消息嗎？講得一副你要死掉了的樣子。」

「這很難解釋，但我早晚有一天會死，不急於現在。」

「一點也不好笑。」佳欣從口袋裡拿出一包涼菸，點著了一根菸。「當死亡就在眼前的時候，並不是好玩的事。」

我苦笑，「佳欣，相信我，我真的很清楚。」

「雖然我聽不懂，但為了靜芸學姐的幸福，希望你不要亂來。」她的眼神很銳利。

看來佳欣以為我要自殺之類的。聽得出來，靜芸有先跟她提過可能會跟我交往，但沒說我會來找她。

「對不起。」我慎重的對佳欣鞠躬。

佳欣向後退了一小步，可能有點嚇到。

「如果是為我跳下大樓那件事，就不必了。」她吐了一口菸，「我從一開始就沒想跳下去，只是當時已經忍耐到極限，非常想找一個能拉住我的人。你是我的希望，在家庭、課業、志願都不如意的時候，至少還有你這個避風港。我自以為是這樣。」

我沒有回話，佳欣接著說：「我一直都知道你喜歡靜芸學姐。可是在最無助的時候，覺得搞不好有萬分之一的可能，你會答應我。就算沒有答應我，看了那張紙條之後，至少會拉住即將墜落的我。」

「紙條？什麼紙條？」我完全不記得這件事。

佳欣輕蔑的笑了一聲，「這也是我恨你的其中一個原因。當時問你有沒有吃我烤的餅乾，你沒有正面回答的反應，讓我知道你根本沒吃，因為我在餅乾盒最底下放了一張紙條。甚至在我墜樓之後，你也沒吃吧？應該是整盒都丟了。陳大樹，你知道烘焙是我的第二生命嗎？」

我的確沒吃，那時候我收到，就轉送給住在對面的小朋友了。

「並不是你害我跳下去的，但在這件事之後，你對我刻意疏遠、不理不睬，那才是致命傷。雖然靜芸學姐後來不斷幫你說話，但我把喜歡你的動力轉化成恨，才能咬緊牙關走到現在。」佳欣熄了菸，「所以你不用跟我道歉，我反而該跟你道謝。」

「不，我才該謝謝妳。」我堅定的看著她。

「謝什麼？」佳欣非常疑惑的樣子。

「謝謝妳願意見我，願意告訴我這些事。對於現在的我來說，這是很大的幫助——了解自己的軟弱，反省自己的殘忍，後悔自己的自私。靜芸說得對，妳的事對我來說，一直是很大的心結，我害怕面對妳。」

「怕我？」

「我無法同理妳的痛苦，無法察覺妳的害怕，無法用更好的方式幫助妳面對挫折。我總覺得那些不關我的事，是妳父母的事，是妳自己的問題。其實一句話，一個動作，也許就能為妳的生命帶來希望。妳要的，只是一根浮木，對吧？」

佳欣愣住了。

「我太笨了，竟然要到這種時刻才想通。」我眼眶含淚，深深覺得自己真的太遲鈍了。人生這麼長，我卻只看見當下的自己。

佳欣快步越過我身旁，我轉頭看著她的背影。不管如何，我們倆總算是講開了吧？她走到店門口的時候，背對我說：「這麼多年來，我常想會不會有一天，你不會指責我，還能完全了解我的心理困境，沒想到真的發生了。」她轉身，表情如釋重負，「這世界上強大的孤獨感快壓垮我了。身邊的人總是勸我走出戶外，不要悲觀，開心一點，只有靜芸學姐懂我的處境，可是我知道她的狀態也很不好。我們只是想在溺斃之前，抓住一根浮木。」佳欣微笑著落淚。

我只能對她說：「對不起。」

「雖然我的腳一跛一跛的，不能運動了，也胖了好幾圈。可是我現在做著最愛的工作，每天聞著烘焙的香味，是全世界最幸福的事。一點也不辛苦。」

「妳烤的麵包真的很香，給我外帶幾個吧。」我笑著說。

「來吧，我早就準備了要給你和靜芸學姐的特製麵包。」

我們走進店裡，老闆娘看著兩個剛哭過的人，露出困惑的表情。

佳欣拿了一袋麵包給我，「你最好對靜芸學姐好一點，如果害她傷心我不會放過你。」

我笑而不答。

走出店門口，心情無比輕鬆，接下來就是重頭戲了。我從包包裡拿出手機要打給春城哥，赫然發現手機竟然沒有開機。

手機一開，不斷震動，收到幾十封舅舅發來的簡訊。在媽媽過世之後，除了阿嬤，就是舅舅照顧我，直到他結婚，就剩我和阿嬤相依為命。

我把全部的簡訊看完，內容是舅舅在阿嬤跌倒住院後，每天告訴我她的病況。我記得當初阿嬤叫舅舅不要告訴我這些事，因為她覺得自己不久後就可以恢復健康。但舅舅還是每天偷偷發簡訊給我，當時我也覺得阿嬤只是短暫的住院，沒有太理會。

結果有一天，阿嬤的病情急轉直下，不到半天就撒手人寰，我來不及趕去見她最後一面。到醫院的時候，我在病房外哭了一整晚。

是今天嗎？

「大樹，阿嬤狀況很不好，我希望你能盡快來醫院。」

最後一封簡訊是今天中午左右傳來的。

我腦袋一片空白。

為什麼我不能早點發現手機沒開呢？搞不好可以趕上見阿嬤最後一面啊！

春城哥來接我時，我跟他說：「春城哥，抱歉。你代替我去《星光大道》現場吧！我必須回老家一趟。」

春城哥看到我難看的臉色，也沒有多問。在騎車的時候，他沉默許久，最後吐出一句：「回到過去也不代表可以解決所有的事，對吧？」

我沒有回答，只是掉淚。

回老家的客運上，我想著，面對阿嬤過世的傷心難過，不管幾次都無法免疫。

三個小時後，我到了醫院。病房外站著舅舅和舅媽，舅媽在哭泣，舅舅正打著電話，應該是在處理後事。

舅媽看到我，滿臉淚痕的說：「大樹，以後真的只剩你一個人了。」

但我哭不出來。心中悲傷過於巨大的時候，是無法掉淚的。

舅舅掛了電話，轉身看到我，「大樹，你來了。抱歉，我太晚跟你說了。阿嬤一直不希望你來，她說生病的樣子不好看，小孩子不要看。你進去見阿嬤最後一面吧！」

「阿嬤要走之前，有說什麼嗎？」

「她說：『叫大樹乖乖的，阿嬤不管在哪裡都會保護他，不用擔心。』阿嬤是笑著說的。」

舅舅說完也哭了。

我走進病房，裡面非常安靜，能聽到自己的呼吸聲。阿嬤躺在病床上，表情很安詳。

我坐在病床旁的椅子上，凝視著她的臉，感受到佳欣說的「強大的孤獨感」是什麼。

旁邊的桌上，放了一個沒有看過的老舊音樂盒，我拿起來，轉動發條。

音樂盒發出旋律，是〈愛的羅曼史〉。

我終於無法控制自己的眼淚，癱坐在病床旁的地上，崩潰大哭。

但沒人聽到我的哭聲。

22

上次回憶是跟著〈如果有一天〉，看來這次是〈愛的羅曼史〉。

兩次都跟死亡有關，我是不是發現得太晚，太執著在跟靜芸的告白，忘了該更重視當下的狀況？

上次歌曲出現，代表即將離開那個時空，看來現在是時候了。

我從病床邊站起身，看著阿嬤的遺容，十分安詳。她是不是也經歷了白光和人生跑馬燈呢？

下一秒就要死亡的自己，看著已經死去的阿嬤，心中非常微妙。我很想知道，阿嬤的人生跑馬燈，會不會因為我而充滿煩惱？她最快樂的時光是什麼時候？有沒有悔恨的時候呢？

阿嬤雖然是我的人生導師，我們卻從來沒有聊過生死的話題，畢竟她離開人世，對孫子來說，等於是世界末日了。

如果再給我一次機會，我會好好跟她聊這些事，等到我離開的時候，應該會坦然很多。

抹去眼淚，走出病房，我的手機不斷響著，是春城哥打來的。在這麼悲傷的時刻，我實在不想跟任何人講話，就這樣看著振動的手機螢幕，直到它靜止。

一通、兩通、三通，我都沒有接起，只是呆站在窗邊，等著離開。

一通簡訊傳來：「不想接電話沒關係，但你現在應該去看電視，我覺得這件事對你影響很大。」

我往醫院大廳走，一路上都沒電視。走出醫院，頭暈得很，看來快離開這個時空了。

搖搖晃晃走到一家小吃店外，裡面的電視正在播著新聞。

「今天是《星光大道》選秀節目的總決賽，現場竟然有人告白，引發全國觀眾矚目和討論。由於節目是直播，也被懷疑是不是製作單位出奇招，博取收視率。」

新聞畫面播出幾個小時前的《星光大道》片段。

主持人說：「相信各位都知道，擁有許多粉絲的黃靜芸，在上個禮拜受到網路黑函攻擊。我們節目的網站湧入大量留言，有人相信黑函的內容，有人不相信。《星光大道》製作單位和黃靜芸討論過後，決定在總決賽之前，利用一點時間，讓本人現身說法，告訴全國觀眾真相！我們請黃靜芸上臺！」

靜芸走到臺前，她看起來沒有化妝、沒有華服，但精神很不錯，臉上帶著微笑。

她先深深鞠了躬，「所有支持靜芸的朋友，非常抱歉，因為我的過去，讓你們擔心了。

網路上的黑函內容，有一部分是真的。」臺下一片驚呼。「當時的我，心理狀態非常不好，一心想離開人世，所以的確逃家了。但那時沒有陌生人帶走我，是有人救了我。非常感謝他，因為他我才能參加比賽，站在這個舞臺上，認識很多喜歡我的朋友。對於造成大家的困擾，浪費社會資源討論這件事，我很內疚。所以我宣布退出比賽。」靜芸說完再次鞠躬，臺下譁然，粉絲們紛紛喊著不捨。

此時現場燈光突然暗了下來，主持人說：「我們要給黃靜芸一個驚喜。」

靜芸驚訝的抬起頭看著主持人。

「歡迎特別來賓登場！」悠揚的音樂響起，聚光燈打向觀眾席，攝影機也轉向攝影棚的大門拍攝。大門開啓，一個高䠷的身影出現，手上拿著一束花。

那個人是一個帥哥，而且非常眼熟。

他不是吳陽明嗎？我的鼻血噴了出來。

吳陽明走上臺，把花送給靜芸。靜芸的表情既驚訝又感動，她微微的顫抖，眼眶泛淚。

主持人問靜芸：「妳認識他嗎？」靜芸搗著嘴落淚，點了點頭。

「他是誰？」主持人接著問，靜芸正在哭，只能搖搖手無法回答。

主持人轉問吳陽明：「她沒辦法回答，這位帥哥你說吧！你是誰？跟黃靜芸是什麼關係？」

他接過麥克風，「我叫吳陽明，就是靜芸剛剛說的，當時救了她的人。」

「你就是網路黑函裡的男主角嗎？」主持人問，吳陽明點了點頭。「你當初為什麼要救黃靜芸?你們是朋友嗎?」

「我們是通信很久的筆友，當她告訴我要來臺北的時候，看得出來非常沮喪。於是我去了她可能出沒的地方，沒想到剛好就救了她。」臺下一些女孩子輕聲尖叫。

「所以你們只是朋友關係?」主持人又問。

「相信黑函的人，你們要失望了。靜芸不是什麼隨便的女孩，她是我的女朋友。」吳陽明說完，走向靜芸，擁抱了她。

現場響起浪漫的音樂，臺下一陣掌聲，主持人歡呼，靜芸沒有抗拒。我的鼻血繼續流著。

這到底在演哪齣?

上週靜芸不是才答應了我的告白嗎?我還完成了去找佳欣的任務。這難道是製作單位安排的一場秀?

我感到頭有些暈，蹲了下來，拿出手機打給靜芸，我必須搞清楚這件事。

打了兩通之後，靜芸接了電話。

「大樹，你還在攝影棚內嗎?」靜芸的聲音非常小，感覺好像有人在旁邊。

「我今天沒去，不好意思。」看來靜芸沒有發現這件事。

「啊?」靜芸聽起來很驚訝，「大樹，你等我一下，我到外面打給你。」

我的頭越來越暈，看來時間不多了。

電話響起，接通後聽到靜芸說:「我以為你在現場。」她的聲音平靜又有些喜悅。

「發生了一點事，抱歉。」

「什麼事啊？還好嗎？」

我時間不多，無法再跟她閒聊，「吳陽明的那個橋段，妳事前知道嗎？」

「對不起，你一定很難過吧？這件事我真的不知道。」靜芸的道歉充滿委屈，我反而有些心酸。

「所以一切都只是一場秀吧？一種高明的公關危機處理？」我問。

「我剛剛才知道，公司原先真的想把我禁賽，先避風頭，低調一陣子，他們說這是最好的處理方式，因為民眾是健忘的。但上週他們突然希望我能正面迎擊，而且要炒熱節目，才能在最短的時間內扭轉全國對我的誤解。」

「提出要求的就是吳陽明吧？」

「你怎麼知道？」靜芸有些驚訝。

「我還知道他是日昇媒體集團的二公子，準備接班集團事業，對吧？」我無奈的說出已知的事實。

靜芸沉默。

「他不該這時候出現的……妳絕對不能跟他在一起……」我不自覺的喃喃自語。

「大樹。」靜芸的語氣溫柔又溫暖，卻帶著一種訣別的氣息。

我的眼淚緩緩的流下來。

「在海邊的那個晚上，我對你說的都是真的，你對我非常重要，從小到大都是。只要在你身邊，我就不怕任何困難，我想那就是對你的依賴、對你的喜歡。」靜芸輕輕的說著，像是一段旋律，「可是請原諒我，在抱著你的時候，心中想著別人。我從來沒有這樣過，這是一種極大的折磨。我想要全心全意的愛你，心中卻占滿多年的憧憬。」

「我懂妳說的，但妳不是想在今天之後，就徹底放下那些嗎？」

「我一直都是這麼想的，直到看到他從舞臺的對面走過來，從光芒中出現，跟長久以來在我腦海中的畫面，如出一轍。」靜芸說。

「不可能，他不可能是救你的大哥哥！吳陽明長年都在國外，他甚至不該這麼早回來！都是我搞亂了過去，未來才一團糟！」我已經語無倫次。

「大樹，我想把心裡真實的想法說出來，你可以聽我說嗎？」

我沒有說話。

靜芸深吸了一口氣，「當初救我的大哥哥，算是我的初戀吧，這些年我總在低潮、失望的時候，幻想他會在世界某一個角落，默默為我禱告。現在他出現在我的面前，就算相遇不久就會分離，我也覺得很珍貴，大概是想要一個結果吧。對不起，我真的很自私，可是如果現在不說清楚，我怕會成為一個背棄承諾的人。我珍惜你給我的力量、感情，還有付出，但是在吳陽明出現之後，這份感情變得複雜了。」

靜芸的告白令我更加難受。

「我要誠實面對自己，不然只會讓你傷得更重。我不希望你得不到一份完整的愛情，還要用痛苦、眼淚和悲傷去撫平失去。」靜芸停頓了一下，「真的很希望你能了解我在說什麼，雖然我自己也不懂。」她嘆了一口氣。

「所以……吳陽明的確是救妳的大哥哥？不是演的？」我不能接受這件事，鼻血不斷流出來。

「他出現的時候，我就確定了。剛剛在後臺，他也講了很多過去我寫的信件內容，應該不會錯。」

「不行！妳絕對不能跟他在一起！他不是妳的太陽啊！」我頭越來越暈，鼻血不斷流下來，看來時間只剩幾秒鐘。

「他就是我的太陽，我仰望多年的太陽。」靜芸說。

突然四周漸暗，天旋地轉，我趕緊大喊：「千萬不要跟他在一起，他就是害死妳的凶手！」

眼前已陷入黑暗。

《太陽》 作者：黃靜芸

我羨慕太陽
只有他不用每天期待陽光
從地平線升起落下
筆直的路通向遠方
盡頭通往太陽中心？

我開枝展葉盼望最大面積的陽光
卻失去一步步走向中心的權利
該抓住的不是泥土
而是他的目光

23

我回到翻車的車上，頭痛欲裂，身體感覺非常疲憊。

「剩下的時間不多了。」後座傳來帶路人的聲音。

「還有多少時間。」我問。

帶路人突然出現在我面前，那些玻璃碎片自動避開她，帶路人惡狠狠的瞪著我，對我大吼：「真難以置信，她是一個已經死亡的人，你到底在執著什麼！」

「我只剩一個人了。」

「什麼？」帶路人不懂我的話。

「舅媽說的那句話，當時讓我陷入絕望。我這一生好像總在經歷離別，爸爸在我出生前就走了，接著媽媽走了，然後阿嬤走了。雖然阿嬤告訴我要勇敢，要成為別人的勇氣，不過我總沒聽進去。身邊的人來來去去，我從不敢對他們投入太多感情，因為總有一天要離別，我是這麼想的。」

我的鼻血和眼淚同時流下，「但在阿嬤離世之後，靜芸陪著我度過了人生最難過的一段時間。雖然當時她沒有接受我的告白，卻願意聽我說話，重視我的眼淚，給我的心一個安心的空間。是因為她很偉大嗎？不是。她說高中時，爸媽離婚，而且都有了新對象，只剩她是一個人，所以非常了解那種孤單感——沒人會留一盞燈給你，過年一個人看特別節目，傷心難過時，哭再大聲也沒人聽到。是她療癒了我。」

帶路人怔怔的看著我，我繼續說：「人生跑馬燈讓我了解到，自己這一生過得多麼懦弱。不敢告白、不想失敗、不願放手，沒有改變的勇氣，我辜負了阿嬤的期待，辜負了靜芸……」

我的眼淚、鼻涕和鼻血大量的流下，「原本以為只是回憶，現在知道那是另一個時空的靜芸，我有機會可以救她，她應該擁有更美好的人生！什麼時空規則、什麼宿命、什麼死前的特權、什麼死亡的恐懼，一切都不重要。只要有千萬分之一的機會，即使粉身碎骨，永世不得超生，我都要勇敢最後一次，換我救她一次吧！」我大聲喊著。

「你只剩三秒。」帶路人說，「現實中，你只剩三秒的時間。這三秒原本是你不用經歷的痛苦，我可以提早帶你走。如果你硬是要把它走完，你的身體除了會遭受到車禍中的傷害，同時也會影響你在人生跑馬燈裡的身體和精神狀態。」

「反正都是死，沒關係。」我淡淡的說。

「不一樣。你已經錯過白光了，接下來如果不是自願離開，我就必須等到你死亡的最後一刻才能接你上去。那一刻叫做『混沌』，是一個非常容易迷失靈魂的階段，一旦迷失了就回不了宇宙，你會在混沌裡慢慢消散。到時候，世界上沒有人會記得你說過的話、做過的事，你只能成為一個沒有回憶的名字，被整個宇宙遺忘。這樣也可以嗎？」帶路人皺著眉頭。

「可以。」

「你到底為什麼不安心去死！」帶路人突然又生氣了。

我有些嚇到，還以為她已經同意了。「我是不是帶給妳很多困擾？」我小聲說。

「當然是！」她大聲的說，「任何一個靈魂，在任何時空都有自己的宿命和生命課題，我們的一生就是為了經歷這些。不管情況是否合理，是不是令人氣憤，都不該有人去改變，因為那就是她的結局。你利用人生跑馬燈的漏洞，為自己心愛的人改變宿命，這樣是對的嗎？你三秒後就要離世，另一個時空的她重要嗎？」

「如果是妳呢？如果妳知道修正回憶，可以讓重要的人幸福，妳會怎麼做？」

帶路人愣住了，她可能從來沒有想過這件事。

「對於妳來說，我只是億萬個靈魂中的一個，我的喜怒哀樂、悲歡離合，對妳來說也只是億萬個劇本中的一個。你們這些帶路人，從誕生以來，每天看著來來去去的靈魂，怎麼能感同身受我們的痛苦？」

帶路人的身體突然變得有些透明，她低下頭像是喃喃自語：「不是這樣的，我們也曾經是世上的靈魂，在回歸宇宙之後，因為還帶有使命，才成為帶路人。我們不記得在世的事，不代表我們就沒有感情啊！每時每刻接走那些靈魂，看著他們的故事，含著眼淚託夢跟家人告別，每次我都感同身受。我必須常常說服自己，這就是宇宙的循環，不然等著不知道何時才會完成的使命，難道就不難受嗎？」

換我沉默了。

帶路人用手摀著雙眼，「這麼多年來，我第一次感到累。大樹，穿越的時候，只是精神上的轉移，但你的身體還是在這個翻車的空間中。在玻璃碎片刺穿你之前，身體可能還會經歷很多傷，都會連動到你的精神裡，像是流鼻血一樣。因為太多新回憶擠進腦袋，大腦產生錯亂，所以流了很多鼻血，接下來你可能還會有其他部位受傷。」

「我知道了。」

「我必須離開一下。」帶路人轉身打開收音機，傳出一段熟悉的旋律。「記得，你只剩三秒鐘，越是在回憶中亂來，時間會過得越快。」

帶路人的身影和聲音漸小，看來她在我穿越到回憶之前，就先離開了。

那段旋律響起，終於是我一聽就想起來的歌，〈踮起腳尖愛〉。

我又陷入純黑的旋轉中。這次要快，一定要救到靜芸！

我獨自一人在家中的沙發上醒來，一如往常。電視開著，但不是為了要看；桌上啤酒放著，但沒有開瓶；眼睛閉著，但不是要睡。

這就是我出社會後，十年如一日的日常，如行屍走肉的人生。

我站起來找手機，希望搞清楚今天是幾月幾號，我記得靜芸可能過世的那天，應該是二○一二年的十一月十五日。如果我回到前幾天，還有時間做一些調查工作。

這時候電視新聞傳來令人在意的消息：「神隱多日的媒體大亨吳陽明，稍早開了記者會，對於藝人黃靜芸失蹤，引發外界諸多臆測，甚至有人影射他可能是殺人凶手，造成日昇媒體集團的股價大跌。面對這些質疑，我們來聽聽吳陽明的說法。」

看來我穿越到錯的時間點，靜芸已經失蹤。

畫面轉到記者會上，吳陽明穿著樸素，神情嚴肅，他低著頭照稿唸：「黃靜芸小姐失蹤的案件，本人也深感遺憾。黃靜芸小姐一直都與本人保持良好的朋友關係，從無逾越朋友分際之情事，請外界勿以訛傳訛。有人指控本人為殺人凶手，更是無稽之談。此案件已進入警方調查程序，本人即日起將不再回應與案情有關的任何問題，請各界自重。」吳陽明說完起身就要離開。

記者們在席間開始大聲問問題：「請問黃靜芸是你的小三嗎？」、「請問黃靜芸真的是你的前女友嗎？」、「請問黃靜芸失蹤前跟你在一起嗎？」、「面對日昇股價直直落，會如何應對？」、「日昇集團會有什麼變化嗎？」

吳陽明本來要快步離開，突然停下腳步，走回臺前拿起麥克風。

「我……我曾經愛過黃靜芸。」

記者們並沒有太大的反應，看來這不是祕密。

「不過在我婚後就已經是單純朋友關係，她的確找過我幾次，但都是敘舊。」

吳陽明突然哽咽了起來。

「我……這幾天非常難過，畢竟是曾經愛過的女人，她還這麼年輕啊……」他聲淚俱下，「我在此宣布，日昇集團將全力配合檢警查明真相，也會盡力陪伴黃靜芸的家人走出傷痛。」

吳陽明對鏡頭深深的鞠躬，「對不起，讓大家擔心了，我會努力帶領集團繼續前進。希望真相早日水落石出，還給所有人平靜的生活。」臺下閃起無數的鎂光燈。

看來，他只在意股價。

我把未開罐的啤酒砸向電視，螢幕破了，酒噴得到處都是。

24

二〇一二年十一月十五日，黃靜芸失蹤，在她的住所留下疑似遺書的信件。

當時檢調朝自殺方向偵辦，幾週後草草結案。

七年多後，黃靜芸的家人宣告她已經死亡。在二〇二〇年七月三十一日，為她舉辦了一場小型追思會。

追思會上，除了她的家人之外，只有一個人從頭坐到尾，就是我。

我被邀請上臺分享跟靜芸的故事，臺下空無一人，她的爸爸媽媽分站在兩旁彼此沒有交集，表情平靜。

七年過去了，究竟還有誰在意靜芸的死因？還有多少人記得她？

「我很喜歡靜芸，一直都是，到現在還是。」我上臺後講的第一句話，她的爸媽有些驚訝，但還是深深向我鞠躬。

「我不相信靜芸已經離世，但現在卻在她的告別追思會。不是不願意接受，只是很不甘心，不甘心如此善良的她，竟然沒有機會得到幸福的人生。如果可以交換，我願意付出任何代價，換靜芸一次機會，一次得到幸福的機會。」我看著她的遺照，潸然淚下。

不知道在會場坐了多久，直到靜芸的媽媽走過來，拍拍我的肩膀。我站了起來，跟她說：「雖然覺得有些不妥，但是聽說靜芸當初有留下一封遺書，請問能讓我看看嗎？」

靜芸的媽媽有些猶豫，指了放在遺照下面的一個箱子，「因為一直沒有找到靜芸，我把她的遺物都放在箱子裡了。」隨後她打開箱子，拿出一張泛黃的信紙給我。信紙上幾行娟秀的字，是靜芸的筆跡。

心中的希望如同落地的玻璃碎片，難以回復。太陽已不是太陽，只剩泥土，失去陽光也失溫。請不要眷戀，即將失去生命的我。與世界道別，是最後在黑暗中華麗的舞步。

靜芸媽媽說：「我替靜芸謝謝你，知道世界上有人這麼愛她、這麼想念她，是很幸福的事。我們都該放下了，還有新生活在等著我們，相信靜芸也是這麼想的。」

我的淚水不斷滴落在信紙上。

「快回去吧，颱風好像要來了，回程小心。」她向我告別。

靜芸的遺書讓我痛不欲生。對於其他人來說，這只是她自殺的證據，對我來說，卻是渴望被拯救的訊號啊！

我在回程的車上，轉開收音機。

「蘇珊颱風已轉為中颱，預計晚間六點發布陸上颱風警報，請民眾盡量避免外出，做好防颱工作……」

幾分鐘後，我就翻車了。

太陽已不是太陽。遺書裡這麼寫著。

「他就是我的太陽，我仰望多年的太陽。」靜芸曾這麼說。

我的記憶裡，靜芸出事那天，正開心的與某人約會，怎麼可能自殺？

除非，是「太陽」直接或間接害死了靜芸。

太陽，就是吳陽明。

靜芸，妳等我。我一定會救妳。

我在家裡的沙發找到手機，現在是二〇一二年十一月十八日，也就是靜芸失蹤的後三天。

沒時間浪費了，必須想辦法離開這個時間點，回到十一月十五日。

我坐在沙發上，臉埋在手心裡。每次跑馬燈送我回意外的時間點，其實都有它的用意。這次回到事發後三天，會不會是希望我調查清楚已經發生的事？

確切時間、確切地點、動機，我在筆記本上寫下這些想知道的事。看來這些事也許只有吳陽明知道。

吳陽明身為媒體集團的老闆，跟我這種一般人完全沒有交集，我甚至連他的身邊都靠近不了，要怎麼質問他？他又怎麼可能輕易讓任何人知道這些事？

實在太困難了，我一個人根本什麼都做不了。

我拿起手機，翻了翻通訊錄，撥了電話。

「陳大樹？」話筒那頭傳來春城哥的聲音。

「我需要你的幫忙。」我說。

「Oh my god! 陳大樹你又回來了？」春城哥十分驚訝，「你這次是不是跑錯時間點？黃靜芸可能已經死了啊！」

「我知道。」

「你真是太可惡了！為什麼沒有阻止黃靜芸的事情發生？上天給你穿越的能力，難道不就是要你救心愛的女人嗎？」春城哥大吼。

「是！所以我需要你幫我！時間不多了，必須盡快查出當時靜芸失蹤的時間和地點！」我也激動了起來。

「我怎麼可能知道？你當我是神嗎？」

我嘆了一口氣，「看來也只能當面去找吳陽明談了。」

「真的是吳陽明？他全盤否認啊！」春城哥急忙的說。

「是他。」我語氣堅定。

春城哥沒有說話，應該是驚呆了。

「春城哥，抱歉打擾你了，但我真的只能找你，只有你會相信我說的。沒關係，我再想想其他辦法，謝謝你。」

「等等。我們約一個小時後見，等一下把地址傳給你。我可能有辦法，見面聊。」春城哥說完就掛了電話。

手機隨後收到一封簡訊，我連忙出門。

循著地址，走到都市裡人煙稀少的小巷弄內。

夜裡的巷弄有醉漢搖搖晃晃大聲說話，一種發霉的味道飄散在空氣中。

從前的我一定充滿懷疑，但現在我快步奔跑。不是害怕，而是只要多浪費一秒鐘，正在翻車的現實裡不知道又過了多久。

我看到遠處有個男人，穿著帽T，頭戴帽子，遮住大部分的臉。他站在一間破舊的小居酒屋外，簡訊的地址就是這裡。

當我正準備走進居酒屋，穿著帽T的男人叫住我：「大樹，是我。」

「春城哥？」我瞄到帽子底下的臉，「你幹麼躲躲藏藏？」

「我不想被認出來。快走吧，我們一起進去。」他的帽子依舊沒有拿下來。

「哈哈，你是做了什麼壞事嗎？」我大笑。

「噓——」春城哥示意我小聲點，連忙把我推進居酒屋。

居酒屋內的擺設相當老派，空間也不大，裡面沒有任何客人。我們倆坐在吧檯前，春城哥終於把帽子脫下來。

「這間居酒屋我常來，老闆跟我滿熟的。」他解釋。

有個人從廚房走出來，身穿日式服裝，應該是老闆。

「李作家，今天要來點什麼？」他對春城哥說。

作家？春城哥成了作家？我驚訝的看著他。

「一樣就好。」

「你是作家？」我問。

春城哥清了清喉嚨，「我未來不是作家嗎？」

「不是啊，你是保險業務員，之前還跟我拉過保險。嚴格來說，應該是平行時空的你。」

「平行時空？這個我倒沒想過。」他拿出小本子記下來。

老闆從廚房拿了兩瓶清酒出來，放在桌上。「李作家，你的朋友剛從國外回來嗎？怎麼不知道你是作家？」

我問老闆：「他是作家？寫什麼的？」

「他最有名的就是穿越時空的現代愛情科幻小說，我是他的書迷。」老闆說完大笑了幾聲，又走進廚房。

「……該不會靈感就是從我這邊來的吧？」我嚴肅的看著他。

春城哥不敢直視我，有點結巴的說：「我幫了你不少忙，這樣不為過吧！」他突然理直氣壯，「而且是你先騙我的，筱君後來沒有再跟我聯絡了，大立光的股票也一直沒有動靜啊！我一氣之下，就把你的故事放在網路上連載，結果非常受歡迎，出了好幾本書，賺了一些錢。這樣也算是我的一點報酬，不是嗎？」

「唉，算了，你真的幫我很多。」我倒了一杯酒，一口喝下。「靜芸的事，你有什麼辦法？我的時間所剩不多，快說！」

「如果確認凶手是吳陽明，那事情就好辦了。雖然不容易接近他，他也不可能跟我們說這些事，但吳陽明真的有辦法消滅所有證據嗎？我認為他的辦公室、電腦、手機，一定都還有一些蛛絲馬跡。」

「你的意思是要潛入他的辦公室？你別忘了，日昇是大公司，怎麼可能輕易讓陌生人進到執行長的辦公室?」我說。

「我們兩個當然不行，但他可以。」春城哥指向廚房，老闆正拿著烤秋刀魚走出來。

春城哥簡單的跟居酒屋老闆說明情況，他爽快的答應了。

「之前李作家幫了我很大的忙，這個人情是一定要還的。」老闆笑著說。

我越聽越怪了，「老闆，我很感謝你的情義相挺，但要在光天化日之下，潛入大公司的執行長辦公室，不是簡單的事。難道你要假扮成Uber Eats外送員嗎?」

「那是什麼?」春城哥聽不懂Uber Eats，還是抄進了他的筆記本。「他在開居酒屋之前，就是專門做這個。」

「什麼?」我越發糊塗了。

「簡單來說，我之前是個有名的小偷。」居酒屋老闆微笑著說。

25

居酒屋的老闆，一臉落腮鬍，身材瘦長，長相一般，說他是什麼神偷，實在很難相信。

聽完他像是電影情節一樣的潛入計畫，我的第一個感覺是，真的有可能實現嗎？

我們趁著夜色，坐上廂型車，來到日昇媒體大樓外，等待天亮。

老闆似乎看出我的懷疑，搭了我的肩膀說：「即使我金盆洗手已經很久了，但潛入大樓裡，偷走某些資料這種事沒什麼難度，別擔心。」他從一個大手提袋中拿出兩套衣服，「這次人手不夠，需要你們幫忙。換上這套衣服，然後休息一下吧，等他們開始上班，我們就行動。」

我和春城哥換上了連身工作服。我有些遲疑。

春城哥喃喃自語，看起來很興奮：「我從來沒幹過這種事，有種莫名的興奮感！」

時間一分一秒過去，老闆在駕駛座呼呼大睡，我和春城哥都睡不著。

「你怎麼認識這個老闆的？」我好奇的問。

春城哥拿著一本小筆記本，好像在寫什麼，聽到我的問題後停下筆，若有所思的說：「從我在網路連載小說開始，有一個讀者常常留言給我，是個十二歲的小女生。她對我的故事有很多想法，常常說有些事穿越時空也不能改變。後來我的書出版，這個小女孩卻不見了。」

「小女孩就是老闆的女兒？」

春城哥點點頭，「有一天我回到家，發現有人坐在沙發上，就是老闆。他看到我就跪了下來，說自己的女兒有先天性心臟病，在等心臟移植。好不容易等到了，她卻說不要用爸爸的錢，因為爸爸是小偷。他發現女兒很喜歡我的書，特地來請我幫忙勸勸她。」

「你勸了嗎?」

「我出了所有的手術費用。」春城哥淡淡的說，「那時候領到非常不錯的版稅，其實故事不是我的，這些錢本就不該屬於我，所以幫了這個小女孩。只有一個條件，他必須金盆洗手。」

「你不錯嘛。」我說。

前座突然出現聲音：「所以我欠李作家一個大人情，現在是該還的時候了。」

春城哥把筆記本收起來，我們倆戴上帽子。

老闆開車門前，笑著說：「去大鬧一場吧。」

天色已亮，日昇媒體大樓上班的員工絡繹不絕。

老闆給了我們電力公司的假證件，「就像之前說的，停電三分鐘後就會復電，你們佯裝成工程人員去檢查電路。盡可能大聲喧譁，一定要引起吳陽明的注意，也許他本人不會下樓，但只要他心神不寧，就有被潛入的漏洞。九點五十分的時候你們一定要趕快離開，不要逗留。盡量不要引來警察。」

我點點頭，春城哥感覺異常興奮。

我們和老闆兵分兩路，他才離開幾分鐘，日昇大樓突然一片黑暗，我們慢慢走進大樓門口。

「大樓警衛在哪裡?」我一進門後大喊，所有員工驚慌失措。「我們是電力公司人員，因為兩公里外有施工問題，造成這棟大樓暫時跳電，大家不用擔心。」

有兩名警衛跑過來，氣沖沖的對著我們說：「沒有聽說今天有施工，也沒有停電通知，你們公司到底在搞什麼？不知道這裡不能斷電嗎？」

「我們知道，所以馬上趕過來了。請問大樓的負責人是誰？我們有重大的工安問題要跟他報告。」

「有什麼問題直接跟我們說，你們不可能見到老闆。」

室內的燈突然都亮了，看來復電了。

我示意警衛要講悄悄話，他把耳朵湊了過來。「這不是單純的跳電，聽說黃靜芸的粉絲揚言，要破壞這棟大樓的電力系統。他以前是我們的工程人員，這件事非同小可，請立刻找可以處理的人來。」

聽我說完之後，兩名警衛相視大笑，看來這是非常失敗的謊言。

一旁的春城哥突然出聲：「大樹，這樣太慢了。」

他深吸一口氣，用盡全身力氣大喊：「在場所有人，尤其是新聞部的聽著！吳陽明殺了黃靜芸，鐵證如山！如果吳陽明不出面，五分鐘後證據就會傳遍網路！」

春城哥一說完，警衛立刻把我們壓制在地上，大叫：「快去報警！」

我看著春城哥，他對我露出勝利的笑容。

幾分鐘的時間，一群人把我們團團圍住，拿著攝影機和麥克風，對著警衛說：「警衛大哥，既然已經報警了，可以讓他們站起來嗎？我們想採訪。」

警衛把我們從地板上拉起來，但還是架著我們。

「請問你剛剛說的鐵證是什麼?你是不是知道黃靜芸的去向?」一支麥克風對著春城哥。

「一定是王水!一個人怎麼可能憑空消失?你們想想，至今有多少謀殺案都是這樣發生的?」春城哥侃侃而談，「想必黃靜芸因為太相信吳陽明，所以毫無防備的被殺了。」

在場記者全都愣住，看來春城哥的胡說八道，令他們失去興趣。「又是來亂的，你們跟那些鍵盤柯南不是一樣嗎?」

警衛見狀，準備要把我們攆出大廳。

「二〇二二年十一月十五日，黃靜芸最後一通電話，是打給要跟她約會的人，正開心的要赴約，怎麼會自殺?」我說完，記者們把所有麥克風轉向我，「靜芸那封所謂的遺書寫著：心中的希望如同落地的玻璃碎片，難以回復。太陽已不是太陽，只剩泥土，失去陽光也失溫。請不要眷戀，即將失去生命的我。與世界道別，是在黑暗中最華麗的舞步。裡面說的太陽，就是吳陽明。」

現場一片譁然:「請問你跟黃靜芸是什麼關係?」、「你怎麼知道遺書內容?」、「你是黃靜芸的男朋友嗎?」、「你怎麼知道太陽就是吳陽明?」

「胡說八道!」大廳另一頭傳來吳陽明的聲音，記者們又一窩蜂跑去訪問他。

「十一月十五日當天，我一整天都有行程，有一堆證人可以作證，資料我都已經交給檢察官了。基於偵察不公開原則，我不能多說，但如果你們再亂說，我就告你們!」吳陽明氣急敗壞。

「證人早就被你收買了！去你的偵察不公開，如果經得起考驗就讓社會大眾問到飽，把事實攤在陽光下！」我大聲說。

「本來想在警察來之前放你們一馬，既然你們如此野蠻，就交給警察處理吧！」吳陽明說完，轉身就要離開。

春城哥突然開口大喊：「吳執行長，既然我們都要被抓了，不如就讓我揍你一頓，這樣才划算！」

原本以為吳陽明不會理春城哥，沒想到他竟然回過頭來，挽起袖子。

警衛也把我們放開，現場所有人一陣歡呼。

「春城哥，你在說什麼？」這不在我們的計畫內啊！

「黃靜芸不是我的女朋友，但她是我的偶像、朋友、同學。就算只能揍他一拳，也此生無憾。每次都是你帥，我想也帥一次。」春城哥說完走向前，雙拳舉起。

吳陽明和春城哥對峙，各自做好準備動作，就像在拳擊場上。

「大樹，不用擔心，雖然我沒練過武術，但是《小拳王》、《第一神拳》、《北斗神拳》我也看了很多啊！」說完他就往吳陽明衝了過去。

「等一下！吳陽明以前是業餘拳擊選手啊！」我想拉住春城哥，無奈為時已晚。

吳陽明一記右勾拳正中春城哥的臉，他應聲飛了一公尺遠，倒地不起，看來是暈了。

吳陽明對著警衛說：「把他們兩個攆出去！」

我們被警衛丟出大門，春城哥還是意識不清。

我拖著春城哥，前往集合點和居酒屋老闆會合。

到集合點之前，春城哥就醒了，他一直沒說話，看來是大受打擊。

我雖然沒挨揍，但還是流了鼻血，頭有點暈。

「是我被揍，你流什麼鼻血？」春城哥看著我，「大樹，可以回到過去，勸勸剛才的我不要這麼丟臉嗎？」

「沒用啦，已經發生過的事無法改變。所有的變化都只會形成一個新的平行時空。」我說。

「那……你救黃靜芸不是為了讓她起死回生？」

我用手擦掉鼻血，「雖然她不會起死回生，我仍想看到靜芸在其中一個平行時空裡，過得幸福快樂、長命百歲。」

「我懂了。」

居酒屋老闆從遠方開著廂型車過來。

他一下車就大笑，「你們真的大鬧一番，真有天分！」

春城哥摸著烏青的臉頰，沒有說話。

「有找到什麼證據嗎？」我急忙問老闆。

「託你們的福，我有很多時間可以潛入吳陽明的辦公室，但不得不說，他非常狡猾。我什麼都沒找到，應該是有高人指點，該清的都清掉了，意外的乾淨。大樹，抱歉，沒幫上忙。」

「沒關係，我還有土法煉鋼的方法。」只要我能回到十一月十五日，也許可以去跟蹤吳陽明或是靜芸。

「我也想想其他辦法。」老闆說。

當我們坐困愁城的時候，有人敲了車窗。「陳大樹，還記得我嗎？」是王陽泰！

「我有東西想給你。」王陽泰面無表情的說。

26

我們下了車，與王陽泰面對面的站著，老闆在一旁抽菸。

王陽泰看起來不像以前那麼光鮮亮麗，戴著一頂鴨舌帽，臉上滿是鬍渣，穿著也有些邋遢，脖子上掛著一臺單眼相機。

「你們去日昇大樓，應該不只是為了要被吳陽明揍吧？」王陽泰說。

春城哥立刻衝了過去，作勢要打王陽泰，「你說什麼屁話！」

「我有你們要的東西。」他說完，春城哥停下動作。

「你怎麼知道我們在找什麼？」我問。

他拿起相機，找了一張相片，遞給我們看。相片像是從遠處拍的，一個女人從背後擁著一個男人。

「這是在十一月十五日的晚上拍的。」

我和春城哥非常驚訝，「你在哪裡拍到的？」我把相機接過來，仔細端詳。

「陽明山上，人煙稀少的地方。」他說。

「你可以講得詳細點嗎？比如在哪個地標附近。」我急忙問。

「這重要嗎？事情都發生了。就算你知道在哪裡，就算找到黃靜芸的遺體，吳陽明最後也會全身而退。」

我揪住王陽泰的領子，氣憤的說：「我會去救她！」

他看起來有些錯愕，隨即大力的甩開我的手。

「我可以跟你說，但有兩個條件。一是照片不能給你，以確保我的人身安全；二是要讓我採訪他。」王陽泰手指著居酒屋老闆，老闆驚訝的看著他。

「好！」我爽快答應，畢竟時間不多，我要的是地點。有了比較確切的地點，才能回到當時的那個地方，拯救靜芸。

「等一下、等一下。」春城哥連忙阻止我，「我們連他為什麼要幫忙都不知道，也不清楚照片的真實性。王陽泰真的是能相信的人嗎？」

春城哥說得沒錯，王陽泰的確沒有任何要幫我們的理由。

「我是明日週刊的攝影記者。」王陽泰說。

明日週刊是日昇集團旗下知名的八卦雜誌，當初因為引進了狗仔文化，銷量一直都很不錯。

「那就更奇怪了，你為什麼要背叛老闆？」春城哥很好奇。

王陽泰突然轉頭看我，眼神銳利，「你以為只有你愛黃靜芸嗎？她也是我喜歡了十年的人啊！我比你更喜歡她，我想要完全的占有她！但你們這些道貌岸然的人，說什麼要讓她被更多人喜歡，要她在舞臺上發光發熱，全是狗屁！如果她高中的時候就跟我在一起，現在她還活著，還很幸福！」他十分激動。

如果是這樣，她絕對不會幸福，王陽泰根本是個恐怖情人。

他深吸一口氣，情緒平靜了一些，「我前幾天已經遞辭呈了，要每天跟吳陽明這種人在同一個地方上班，我完全辦不到。TCV電視臺要成立新的狗仔隊，他們挖角我，我答應了。去的時候我想帶個伴手禮，就是他，臺灣第一神偷——丁添春。」他指著居酒屋老闆。

我和春城哥訝異的轉頭看向老闆，老闆露出有點害羞的笑容，「往事何必再提，我已經金盆洗手了。」

「我剛剛看到你若無其事的走出日昇大樓，想必是去了吳陽明的辦公室。聽說他辦公室的保險櫃裡有一些名品，你也拿了一些戰利品對吧？」王陽泰對老闆說。

老闆搔了搔頭，有點難為情，「主要還是去找手機、電腦裡的資料，後來翻到一個保險櫃，想說打開看看有沒有線索。雖然沒找到情報，順手帶了一些小東西也算不枉此行啦。」

我和春城哥瞪大眼睛看著老闆，老闆理直氣壯的說：「如果我不拿一些東西，你們會以為我是去偷睡了一覺，沒有認真找情報。」說完他從口袋裡拿出一枝鋼筆、一塊名錶，和一個透明小空瓶。

「萬寶龍和勞力士！老闆你是要買多少秋刀魚？」春城哥驚訝的大叫，「倒是那個小瓶子，是什麼珍貴的空氣嗎？」

老闆聳聳肩，「我也不知道，這瓶子實在太突兀了，我的習慣是先拿了再說。」

我仔細看了那個瓶子，大吃一驚。「這不是什麼空氣，是『勇氣』。是我小時候送給靜芸的離別禮物。」

他們三人一頭霧水，但那個小瓶子對於我、阿嬤和靜芸來說意義重大。我們都知道，若不是重要的時刻，不會把它送給別人。

王陽泰接著說：「好了，現在很簡單。筆和錶丁先生拿走、我採訪丁先生，小瓶子陳大樹拿走，我跟他說相片的拍攝地點。」

「那我呢？」春城哥問。

「你回家冰敷你的臉頰吧！」王陽泰很嗆。

春城哥又衝過去要揍他，老闆攔住了春城哥。

王陽泰轉頭看著我，眼神非常認真，眉頭緊皺，「陳大樹，我真的很討厭你。不過我承認你非常喜歡黃靜芸，就這點來說，我願意幫你這次。我不知道你要怎麼救她，」他緊握住我的雙手，「但拜託救救她吧！她還這麼年輕……」

王陽泰把確切的地點告訴我，眼神帶著期盼。

我集中精神，試著穿越回十一月十五日，畢竟時間不多了。果然專注是有用的，我的眼前漸漸變黑。

「我一定會救她！」臨走前我大喊，不知道他們有沒有聽到。

隨後陷入純黑的旋轉。

眼睛一睜開，我竟然回到翻覆的車上。

周圍的景物快速的動了起來，「碰！」車頂猛然墜落地面發出極大的聲響，我的身體完全不聽使喚，隨著物理慣性被甩了起來，右手前臂用力的甩向方向盤，啪的一聲，我的右手骨應聲斷裂，岔出手臂，血流如注。

眼前的玻璃碎片飛向我的眉心，尖端已經沒入皮膚，我痛得大叫。

其餘的碎片有些在我身邊噴射，有些飛進我的身體裡。

不是還有三秒嗎？我要死了嗎？

「剩一秒。」我腦袋裡傳來帶路人的聲音，「如果你還要回去，快去快回。不要再做任何回憶跳躍，每次都會縮短你最後的時間。」

我根本沒辦法知道時間剩多少。

「我會提醒你，像是前幾次一樣。記得這次的歌嗎？前奏響起的時候，就該離開，切勿逗留！萬一進入混沌狀態，想拉你都拉不回來了。被宇宙遺忘是很嚴重的事，一定要快去快回！」帶路人說。

瞬間我身邊的景物又停了下來，我的手臂和額頭血流如注。

雖然痛，但我還是非常專注想著，二〇一二年十一月十五日、二〇一二年十一月十五日……

接著眼前一黑。

27

眼前一亮，我正在開車，奔馳在夜間的高速公路上。

這個情景來得太突然，我一時沒有抓好方向盤，油門也沒踩緊，車子快速的往外側車道偏。

後面傳來連續且大聲的喇叭聲，我嚇了一跳，趕緊把車子拉回中線。

把車穩住之後，我看到副駕駛座放著一束花，花束裡有一張照片，是海邊的照片。

看來我真的回到了二〇一二年十一月十五日。

大學畢業後，靜芸留在臺北工作，我退伍回到中部。

靜芸失蹤的時候，我正在遠離她。這段時間，只有逢年過節我們會打招呼，雖不熱絡但也保持聯繫。

偶爾聯繫，她總是哽咽，或是沉默不語。

前一天，我接到靜芸的電話，她泣不成聲。

「妳先別哭，讓我知道發生了什麼事好嗎？」我只能這麼說。

「他走了。我覺得他永遠不會回來了。」她的聲音微弱。

我靜靜的聽著，內心醋意翻滾。這些年來，躺在同一張床上的人是他們，現在分開了，我還要聽她多不捨得。

為什麼要喜歡讓自己流淚的人？奮不顧身去受傷，才能感受被愛？藉著傷痛證明自己還活著嗎？這些話在我心頭多年，始終沒有對她說出口。

她的淚水，對我來說無比沉重。

「所以分手了嗎？」我問了每次都會問的問題。

「嗯。」她只簡單的回答。

「黃靜芸，妳知道每次妳哭著打來，總是沒說對方是誰嗎？」

「我知道，因為不太方便。抱歉，打擾你了。」

聽到這句話，我火都上來了，「到底是妳不方便，還是吳陽明不方便？」

靜芸又沉默不語。

「妳的條件很差嗎?沒人追嗎?愛妳的人很多，為什麼要執著在一個傷害妳的人，不去看身邊有這麼多為妳心疼的人?」我一股腦的把所有想法全說了，「當然也包括我。」

「嗯。」

到底還要講得多明白，她才會知道我喜歡她，不希望她受傷，不希望她流淚?

她接著說:「我知道身邊還有很多愛我的人，也許我只是需要時間。」

「是的，想通了嗎?」

她嘆了一口氣，「總之謝謝你。」

「如果不介意的話，我去臺北找妳吧。」

靜芸沒有回答。

「我明天剛好要去臺北，順便拿個東西給妳。」當然是刻意上去，不是順便。

「這麼剛好?」她說。

「對啊，東西給妳我就走，不會花太多時間。如果不方便我也可以留在妳家管理室。」我很想要留下一點什麼。

「嗯……我明天應該沒事，你到了再跟我說好嗎?」她答應了。

「好，明天見。」我開始思考該給她什麼。

後來找了一張漁人碼頭的照片，那是大學的時候，我們在深夜的漁人碼頭，肩並肩看到的海面。

那時候的靜芸，看著海問我：「面對這片大海，你有什麼想對我說的嗎？」當時我完全不知道怎麼回答。後來我把想說的話，寫在照片背面：

成為一種力量，對妳而言。
我的心也該像大海般寬大，不管海面下如何洶湧，一樣能保持平靜。
妳心情不好的時候、想沉靜的時候，來看看我。
無法成為陽光，就成為海吧！

那天上午我開車上臺北，在車上不斷練習見到靜芸的各種反應，她是開心、難過、尷尬、無奈，我希望都能完全回應，認真的告訴她，我喜歡她。

這次跟前幾次不一樣的是，我沒有期望她答應跟我交往，只是想告訴她。

兩個小時後，我來到她家外面。除了那張照片之外，我在附近買了一束玫瑰花。

我深呼吸了好幾次，打了電話給她，總覺得這次比之前更緊張。

電話接通了。「我在妳家外面，拿個東西給妳，方便嗎？」

靜芸驚訝的大叫：「你真的來了？」感覺有點心虛。

「我昨天不是跟妳說了嗎？」我有點生氣，但這還在我模擬的幾種可能裡，「妳不在家？」

「我不在家，等等要跟朋友出去。」

「那妳什麼時候回來？」我想頂多去附近的咖啡廳坐一下，等幾個鐘頭。

「嗯……」她欲言又止，「可能沒這麼快回去。」聽起來完全不像昨天心碎的那個人，聲音還有些雀躍。

怎麼想都有問題，我開始對她說的「朋友」產生懷疑。「妳說的朋友，該不會是吳陽明吧？」

靜芸沒說話。

我的心裡有種一拳揮空的無力感，每一拳都用盡全力，但沒有打到任何東西。

「妳在跟我開玩笑嗎？」我非常生氣。

「我以為你只是說說，不會真的上來。」她解釋。

「我不是說這件事！」

她沉默，我想吳陽明的回心轉意，蓋過了她對我的愧疚。

幾分鐘之後，我開口：「算了，我要回去了。」

「對不起。」她擠出了幾個字，「你要拿什麼給我啊？」

「重要嗎？」回答完我把電話掛了。

我在回程的高速公路上開得很快，車內充斥著玫瑰花的香味。

我哭了。不是因為靜芸，而是不知道自己到底在幹麼。

開下休息站，把那束花和那張照片塞進垃圾桶。沒有擦去臉上的眼淚，留下它們悼念我那些徒勞無功。

上車，一路往南。

現在想想，當時如果我堅持去找她，也許可以阻止憾事發生。雖然很沒面子，但臉皮哪有靜芸的生命重要。

千金難買早知道，後來的幾年，巨大的懊悔一直壓著我。

現在是能改變的時候！

就算在原本的時空，靜芸已經死去。但只要千萬個平行時空裡，有一個靜芸是幸福快樂，我用什麼去換都值得。

看了高速公路上的路牌，發現是南下。看來我已經在回程，準備下休息站丟掉花的時候。

因為不知道靜芸失蹤或死亡的真正時間，一分一秒都不能浪費，況且我也只剩一秒而已。

我開下交流道，再快速的上了北上交流道。

一路油門緊踩，車速是我有生以來最快的。喇叭聲，測速照相的閃光燈此起彼落。

我發現自己頭痛、流鼻血，連右手都非常疼痛，看來是現實中受傷的影響。但是這些都沒有靜芸重要！

靜芸，妳等我，我一定會救妳！

車一路開上陽明山，夜幕低垂。

王陽泰拍到照片的地方，的確人煙稀少，連住家都沒有。

對情侶來說，這裡可能是祕境，有私藏的風景。對我來說，則是吳陽明讓靜芸「被失蹤」

的最好地點。

山路顛簸，未開發的石子地只有一線道，無法會車。也就是說，吳陽明如果要下山，一定會經過這條路，也許靜芸就在他的車內。

這麼想的時候，對向車道就射過來兩束燈光，是吳陽明的機率很大。我把車子停下，等他靠近。

一臺名牌休旅車在我對面，不斷的按喇叭。車燈的光讓我看不清楚駕駛座上到底是誰。我走下車，向對方大喊：「對不起，我的車好像沒電了，能否跟你接電？」

車上的人並沒有馬上下來，好像在猶豫什麼，過了幾分鐘之後才下車。

那人雖然戴著口罩，但我一眼就認出他是吳陽明。

他走了過來，「大哥，我趕時間。你先把車移開，再叫道路救援好嗎？」

我一把揪住吳陽明的領口，「黃靜芸在車上嗎？還是你已經殺了她？」

吳陽明的眼神看起來非常驚恐，他用力推開我，「你是神經病嗎？再動手動腳我要報警了！」

我從口袋裡拿出一把小刀，大聲的說：「我不是神經病，我知道你幹了什麼好事！你殺了黃靜芸！」

28

「竟然遇到一個瘋子……」吳陽明邊喃喃自語，邊把外套脫下，挽起袖子。

他不報警嗎？正常來說應該要報警不是嗎？

如果警察來了，就可以藉機抓吳陽明，或是讓吳陽明慌張，露出蛛絲馬跡，知道靜芸的行蹤。

「告訴我，你是不是殺了黃靜芸？」我對著吳陽明大喊，額頭不斷的冒冷汗。不是因為害怕，是頭痛、手痛加上流鼻血，我實在很難若無其事。

他彷彿看出了我有異狀，「我都還沒開始你就流鼻血？根本是個不折不扣的瘋子。一個拿著刀的人問我是不是殺了人，荒謬！」

看來吳陽明不準備報警，要跟我硬著來嗎？雖然他是拳擊選手，但我拿著武器，他應該會退縮一點吧？

他把外套裹在左手，擺出攻擊預備姿勢，「要嘛把車開走，要嘛我揍你一頓，然後把車移開，你自己選吧！」

突然我的右手前臂一陣劇痛，是現實翻車中手斷了嗎？我手上的刀掉到地上。

吳陽明見狀有些驚訝，「你還滿識相的，我是業餘拳擊手。」說完他把雙手放下。

我低著頭，沒有把刀撿起來，只是問：「靜芸在你車上嗎？」

「我不知道你是誰，跟黃靜芸是什麼關係，但八成是她的瘋狂粉絲吧？我車上沒有任何人，如果你不相信，可以到我車上看看。雖然我們以前很要好，但早就沒有聯絡了。」吳陽明的表情相當誠懇，如果我不是穿越回來，應該也會被騙吧？

「好，我要看。」

吳陽明開了車門、後車廂，靜芸確實不在車上。我發現副駕駛座上有一個小瓶子，是我小時候送給靜芸的「勇氣」。

我拿起小瓶子問吳陽明：「這是我送給靜芸的，她不可能隨便送給別人。你是怎麼拿到這個東西的？」

他一把搶過小瓶子，「我不知道你在說什麼，看完了就快把車移走！」

我發現他有些侷促不安，追問：「你載著靜芸上山，然後在山上殺了她，對吧？」

吳陽明沒回答，我抓住他的衣領。

他非常用力甩開我的手，生氣的說：「你根本是瘋子！快把車子移開！」

那一剎那，我失去了理智，「靜芸今天會死！一定是你殺死她的！殺人償命吧！」我緊掐住他的脖子，他使力把我推開，我跌在地上，刀子在身旁。

我用左手把刀子撿起來，眼淚和鼻血不斷流下來。吳陽明又把外套裹在左手，做出預備動作。

我一個箭步衝上去，刀子往他胸口刺，他用裹著外套的手擋住了攻擊，右手出拳正中我的鼻梁，我飛了出去。

我躺在地上，視線有些模糊，滿臉都是血。

「我沒有殺黃靜芸！我沒有殺她！」吳陽明不斷大喊。

我虛弱的站起來，有氣無力的說：「拜託你，告訴我，靜芸現在到底在哪裡？」

「我不知道！」他大叫。

「你快說！」我衝過去想要對他揮拳，吳陽明早就做好預備動作等著反擊。我看見他右肩出現奇怪的小抖動，是出拳的習慣動作嗎？

他果然出了右勾拳，速度太快，無法避開，正中我的臉頰。

我倒地不起，意識漸漸模糊。

結束了嗎？

我終究救不了靜芸嗎？

不能再重來一次嗎？

我不甘心啊！讓我再重來一次吧！

眼前一亮，我回到車內，在蜿蜒的山路上。

對向的車燈照向我的車，看來成功回到上山之前。

我一樣擋住了吳陽明的去向，但這次我主動下車，走到他的車窗旁，敲了敲。吳陽明趕緊把口罩戴起來，搖下車窗只露出一點縫隙，充滿敵意的看著我。

「先生，不好意思，我是白牌車司機，剛剛接到一個單，還要再往上開，但這裡根本沒有手機訊號。」

「所以呢？」他語氣不善。

「想請問你下山的時候，有沒有看到一個女孩子，大概二十幾歲？」我試探他。

「沒有。」說完他把車窗關緊。

看來靜芸可能已經遇害，只好另想辦法。我讓吳陽明通過之後，一路往上開。該怎麼辦？世界上知道靜芸在哪裡的人，可能只有吳陽明。但凶手怎麼可能把作案地點告訴別人呢？

如果終究要失敗，我的人生最後是不是會充滿懊悔？

車燈照在漆黑的山路上，前方伸手不見五指。

十一月的風，又冷又寂寞，吹得樹影搖晃。想到靜芸可能孤單的死在這裡，我的淚水不停流下。

眼前出現一些小亮點，落在山路上，像是貓眼石。

是我的淚光嗎？還是指引？

我順著小亮點一路往山上開，週邊景色越來越荒涼。它帶我離開主要道路，往人煙稀少的地方。

通過一片矮樹叢後，眼前竟是一座小斷崖。我直覺這裡就是靜芸遇害的地點。

陽明山竟然有這種地方？不過這裡完全不像王陽泰給我看的相片，看來他的相片不是第一現場。

如果靜芸已經從斷崖掉下去，那根本沒有任何機會可以找到她。

我站在斷崖邊，往下看是茂密的樹林，希望渺茫。突然全身無力，癱坐在地上，心中十分絕望。

此處非常安靜，只聽得到蟲鳴和車子的引擎聲。車燈照著遠方，空無一人。

突然，遠方好像有個影子在晃動。

是動物嗎？還是人？是靜芸嗎？

我趕緊站起來，往那個方向跑過去，影像逐漸清晰，是一個人坐在崖邊。

那個人搖頭晃腦，看起來有些神智不清。

「靜芸！」我大聲喊。

影子應聲消失。

我站在剛剛她坐的位置，看著下方的樹林晃動。

別鬧了！還是慢了一步嗎！

29

天色昏暗，根本無法看清楚掉下去的是不是靜芸。

我愣在原地，無法反應。

身後傳來微弱的音樂聲，轉頭一看，車子的收音機打開了，傳來歌曲的前奏。是〈踮起腳尖愛〉。

要離開了嗎？這次離開就完全結束了啊！

別開玩笑了，當然要再重來一次！

我閉上眼睛用力想著，這次出奇順利。

眼前一暗，我又回到車內，車燈照著前方晃動的人影。

我衝下車，用盡全力跑過去。

那個人看起來很像靜芸，我用力的伸出手，雖然離得比上一次近，還是搆不到她，她再次從眼前墜落。

車內的收音機又響起音樂。

「不行，再來！」我的意志非常堅決。

眼前一黑，再度回到車內，我頭痛欲裂，鼻血倒流到喉嚨，咳了出來。右手像斷了一樣劇痛。

根本顧不得身體的痛苦，我趕緊打開車門，連滾帶爬的往靜芸的方向去。

這次比上次更近了，我看到靜芸搖搖晃晃，眼神呆滯，臉上卻有一抹淡淡的微笑。

我大叫：「靜芸！不要做傻事，我來救妳了！」我的口腔和鼻腔內充滿濃濃的血腥味。

她轉過頭來看我，臉上依然保持笑容，但眼淚從眼角落下。

她眼睛閉上，輕輕的往下一躍。

我伸長了左手，差一個手臂的距離。還是救不了她。

冷風吹來，我的淚水不斷流下。

「啊！」我朝天吶喊，不能接受。

所以靜芸是自殺？

不可能！一定是吳陽明跟她說了什麼、給她吃了什麼藥、用什麼方法逼迫她結束生命。

車內收音機又響起前奏。

我的視野變得模糊，不知道是淚水，還是失血過多的關係？

我不願聽那首歌的前奏，腦海中卻出現帶路人曾經提醒過的話。

「剩一秒。」

「快去快回。不要再做任何回憶跳躍，每次都會縮短你最後的時間。」

「你三秒後就要離世，另一個時空的她重要嗎？」

「她是一個已經死亡的人，你到底在執著什麼！」

「你可能只能成為一個沒有回憶的名字，被整個宇宙遺忘。這樣也可以嗎？」

我怔怔的站在斷崖邊，看著底下幾十公尺的樹林搖晃著。

是冷風吹動那些樹枝，還是靜芸墜落晃動了它們？

原本只是要一個答案，想要告白成功，現在為何變成要拯救她？而且在我的時空裡，她已經死了，我也在死亡邊緣。我到底在幹麼？為什麼要這麼執著？

這到底有沒有意義？

右手廢了、頭痛、鼻血直流……在死前多受的這些痛苦，有必要嗎？

這十幾年來，畏畏縮縮，行屍走肉，不就是在等待死亡早點來臨？現在正合我意，要什麼答案？要什麼告白成功？救什麼人？

我連自己都救不了，還想救什麼人？

是不是該先救自己？是不是該先跟自己告白？

我在世的時候，是一個認真生活的人嗎？是不是總是虛擲時光，覺得死了也沒關係？

靜芸死去成為我頹廢的理由，但其實她從來沒接受過我的告白，是因為我根本沒認真告白過。

我是一個膽小的人。躲在「不決定」裡，以為就不會失去。

渾渾噩噩過生活，總是給自己很多藉口，從沒要求自己勇敢。

勇敢告白、勇敢生活、勇敢面對撕心裂肺的痛苦、勇敢接受挫折。

要不是在人生跑馬燈裡，現實的我連告白的勇氣都沒有，更別說救人。

我厭惡膽小的自己，它讓我失去所愛的人，和說出愛的能力。

但其實我最該做的，就是勇敢接納膽小的自己，愛全部的自己。

「我願意愛自己嗎？」

「雖然晚了點，但我願意。」

眼前一黑，我回到車內。靜芸仍然在車前懸崖處。

我深吸一口氣，緊踩油門，往前衝去，在離她只剩兩三公尺的地方緊急煞車。

靜芸驚訝的看著擋風玻璃後的我。

我打開車門，慢慢的走向她。

靜芸瞪大眼睛，「……大樹？」

我緊緊抱住她，「我好想妳。我喜歡妳。」

記得有一次回到過去我也是這麼說，那時她哭了，還拿書包丟我。

其實這兩次的心情都一樣，不管再來幾百次、幾萬次，我的心情也不會改變。

對我來說，黃靜芸就是黃靜芸，不論何時、何地，她心中是不是也喜歡我，我都會在她的身旁，對她說我的想念和喜歡。

靜芸緊緊抱住我，臉埋在我的胸口，像個嬰兒般嚎啕大哭。

我從沒看過靜芸哭得這麼慘，她的熱淚彷彿灼傷了我的胸膛，我的心好像在燃燒。

「You jump, I jump.」我說。

她的哭聲稍微緩和下來，「你的笑話好冷。」

「不，我認真的。」

靜芸抬起頭看我，滿臉淚痕，「我覺得這是我的宿命。」

「什麼宿命？跳下去嗎？」

「不是。明明知道他讓我傷痕累累，明明知道他不是對的人，但仍是我仰望多年的太陽。」

我皺眉，「什麼太陽？他都已經要害死妳了！他到底跟妳說了什麼，讓妳這麼絕望？」

靜芸退後了一小步，離開我的懷抱。「我昨天就想離開這個世界了，跟他無關。」她低著頭。

「不管妳什麼時候想死，都跟他有關，因為妳是他的女朋友啊！他應該是這個世界上最愛妳的人，不是嗎？」我激動的說。

靜芸沒有說話。

「這樣任他擺布，何必呢？妳應該活得比他更好、更快樂，這才是最好的報復，而不是從這裡跳下去。」

「大樹，你知道我長期吃抗憂鬱的藥嗎？」

「我知道。」

「最近更嚴重了，我開始沒辦法好好生活，腦袋裡的那個世界比現實的還可怕。我想是國中離家出走，站在天臺圍牆上的時候，那顆沉重的種子就種下了。我以為吳陽明是拯救我的太陽，看來他只讓那顆種子越長越大。」靜芸抬起頭，流下眼淚。

「他是個王八蛋！忘了他，我會照顧妳、保護妳一輩子！」我堅定的看著她。

靜芸苦笑，「一切都太晚了。」

「先別說這些了，我載妳下山吧。」只要讓靜芸上車，就算之後離開這個身體，當下的我也一定會安全的送她回家。

「大樹，陪我在這裡吹吹風好嗎？」

但我沒時間了啊！「下次吧，這裡很冷，我們先回家。」

「還記得你送過我一個小瓶子，裝了『勇氣』嗎？」她說。

「記得，那是我阿嬤給我的，在妳國小要搬家的時候送給妳了。」

「我一直隨身帶著，但剛剛我把它送給吳陽明了，因為他之後可能比我還需要勇氣。」

「我聽不懂。」

「昨天我寫完遺書，吳陽明打電話給我。我以為還有希望，也許真的如他所說，要跟老婆離婚了。我終於能毫無顧忌的依靠他，全心全意的愛他。」

「怎麼可能！」我說。

「是啊，不知道為什麼，這麼多年來，我總是自願相信這個拙劣的謊言。」她苦笑。

「所以他到底跟妳說了什麼？」

「吳陽明載我上陽明山，去了幾個景點，最後來到這裡。他說明天會幫我訂機票，要我出國生活一陣子，他會負責所有的生活費。他想斷了和我的緋聞，因為怕這段緋聞影響他未來參選的政治規畫。」

「分手就是了，送出國幹麼？」

「應該是他老婆的想法吧，也許是交換條件，畢竟他們是王子和公主的婚姻。他也想要我出國走走，順便調養身體。」

「調養身體？」

「嗯。三個月前，我拿掉了一個孩子。」

孩子？我腦袋一片空白，說不出話。

「這件事是最後一根稻草，我不能原諒自己。因為我的膽小、懦弱，選錯了人生的路，竟然害死一個小生命。」靜芸說完不斷落淚。

這才是吳陽明真正害怕的事吧。

「風吹夠了，我們走吧。」我牽起她的手。

車子的收音機傳來歌曲的前奏。

「這是〈踮起腳尖愛〉吧？我還記得答應過你要唱，現在唱給你聽吧。」

「好，車上唱。」我要把她拉走，她卻把我轉向，從背後抱住我。

「大樹，謝謝你。謝謝你在這裡，謝謝你救我，謝謝你在小時候讓我看到最堅強的背影。謝謝你，我也很喜歡你。」

我哭了。我有一種握緊拳頭許久之後，突然放鬆的感覺。

等待的時空，有點重，重得時針走不動。無影蹤，他始終，不曾降臨生命中。我好想懂，誰放我手心裡捧，幸福啊，依然長長的人龍……

靜芸輕輕唱著，邊用手指在我的身上敲著節拍。

想踮起腳尖找尋愛，遠遠的存在，我來不及說聲嗨，影子就從人海暈開……

唱到一半，她突然停下來，小聲的說：「我累了。剛剛把藥全都吃了，準備在這裡長眠。我真的好累，累到沒有辦法再提起勇氣活下去了……」她說完，用力推我一把。

我驚覺不對，一轉頭靜芸已經墜下懸崖。我用力伸手要拉她，她卻沒有抓住我，只是看著我微笑。那個微笑，無比輕鬆。

才踮起腳尖的期待，只怕被虧待，我勾不著，還微笑忍耐……

歌唱到尾聲。

我看著她掉落崖下的樹林裡。

等你回過頭來……

（〈踮起腳尖愛〉詞：小寒　曲：蔡健雅）

歌曲落下最後一個音符。
歌一結束，就好像有一隻巨大的手，把我快速的抽離這個身體。
時間到了嗎？
祂把我的靈魂往天上用力一甩。
我感覺自己正非常快速的旋轉，像是全身要被撕裂一樣。

30

旋轉非常快速，離心力在我身體裡作用。不只頭、身體、四肢，所有的器官、皮膚、血液，都因為旋轉的關係，急速的撕裂我。
那種痛苦已經難以形容，只能說像是一吋一吋把組成我的元素，有秩序但又快速的剝離。

四周的景色本來是天空，後來是宇宙，最後是一個灰濛濛的空間，裡面什麼都沒有。

空間裡充滿孤獨和痛苦的氣息，但我早已沒有流淚的能力，甚至已經沒有實體。

巨大的痛苦之後，只剩意識，其他一無所有。

看不到自己的手，看不到身體，感受不到任何的引力。

失去視覺、聽覺、嗅覺、味覺、觸覺，我像是一團鬼火，像是一團空氣，像是即將消逝的一縷煙。

突然感覺上下左右都以我為中心，擠壓過來，我彷彿是一顆玻璃彈珠，被極度擠壓到出現裂痕、破碎、粉碎。

我還剩下什麼？

意識開始模糊，像是即將進入長眠一般。好像忘了很多東西，甚至忘了自己的名字。

這就是混沌嗎？

看來我的時間到了，可能要就此煙消雲散了。

這時候有一股力量把我吸走，快速的穿越好幾個空間，忽然停了下來，一張臉出現在我面前，靠得很近。

是我自己的臉，但非常陌生。他毫無血色，帶著詭異的笑容，呵呵的笑著。

「我還沒玩夠呢！」他把像是氣體的我抓了過去，揉成一顆球，往下一砸！

我散成碎片，但意識還在。

「這樣不好玩，我想想更好玩的……」他抓了抓頭，詭異的笑，「我記得上次這個可以變成別的顏色，是怎麼做到的呢？」

「好像是惡意吧……」他笑得更開了，「好玩、好玩，讓你看一些東西。」

他把碎片撿回來，再揉成球狀，從球裡抽出一條黑色的絲。看起來是從我身上抽出來的。

「給你看看這個。」

四周一亮，場景瞬間轉換，是某個人的房間。

房間裡的浴室出現沖水聲，應該有人在洗澡。我環顧四周，看到有個人躺在床上，蓋著棉被，若有所思。

是靜芸！

我無法跟她互動，像是幽靈，又像是在看電視一樣，只是旁觀者。

桌上的手機響了，來電顯示「大樹」，是我打的？

靜芸身上裹著棉被走過來，她拿起手機看了看，猶豫了一下，接著掛斷。

浴室裡的人走了出來，是吳陽明。

「妳怎麼還沒穿衣服？」吳陽明邊說邊拿起他的手機，只瞄了靜芸一眼。

靜芸走過去，抱住吳陽明，「今晚留下來陪我好嗎？」

「妳又來了，我們討論過這件事了。我不可能留在這裡，妳就不能成熟一點嗎？」

「可是我真的很想你。」靜芸說完流下眼淚。

「我是上市公司的執行長，未來可能要參選，我們能夠維持這種關係妳應該知足。除了我老婆以外，身邊還有一堆女人投懷送抱，我都沒接受了，不就代表我心中是有妳的嗎？妳不要再這樣了，我壓力很大。」吳陽明看都不看她一眼。

這到底是什麼狗屁不通的話？我雖然生氣，但無能為力。

「我可能懷孕了。」靜芸淡淡的說。

吳陽明看起來非常驚訝，他轉身把靜芸拉開，「妳不是說妳不容易懷孕嗎？難道妳在耍我？」

「我覺得怪怪的，昨天驗孕結果是兩條線。」靜芸楚楚可憐的看著他。

沒想到我的女神在吳陽明面前，竟如此卑微。

「妳明天去婦產科看診，如果真的懷孕了馬上拿掉。」吳陽明穿上衣服，臉上極度不悅。

「妳明明知道絕對不能發生這種事，這是妳逼我的。」他丟了一疊鈔票在桌上，「我不能、也不會認這個小孩，妳一定要拿掉。我們暫時不要聯絡了。」

吳陽明說完就離開房間，沒有一點眷戀。看來世界上的渣男都一樣。

靜芸癱坐在地上，不斷哭泣。

我想做點什麼，場景突然快速轉換，瞬間變成了看診間。

靜芸躺在床上，超音波探頭正在她的肚子上滑動。

旁邊的螢幕出現小黑點，醫生說：「黃小姐，恭喜妳懷孕了，應該八週左右，這是小朋友的心跳聲。」

「怦怦！怦怦！怦怦！怦怦！」小孩的心跳聲聽起來很快。

靜芸摀著嘴，眼淚不斷流下。

我在旁邊感到興奮、快樂、悲傷、憤怒，但無濟於事。

一轉眼，眼前又變成醫生和靜芸坐在問診區的場景。

「妳要人工流產？」醫生說。

靜芸面無表情的點點頭。

「好吧。我請護理師跟妳說明注意事項。」

「請問什麼時候能手術？」靜芸問。

「如果妳方便，今天就可以。因為胎兒還不大，不是大手術。」

靜芸走出診間，進了廁所。我在門外聽到她不斷啜泣。

接著場景又轉換到手術室裡，靜芸躺在手術臺上，臉上盡是害怕和悲傷。

因為太難受，我移步走出手術室，外面沒有任何人在等靜芸，她是一個人來的。

我想哭卻哭不出來，無比折磨……

忽然一陣吸力，我從場景裡被抽離，回到原本的狀態。

那個人對著我笑開懷，「哈哈哈，太好玩了！你剛剛一陣紅、一陣紫、一陣綠！實在太有趣了！」他把我抓在手裡。

「你是我見過最特別的靈魂，都到了這個狀態，情感和意識還這麼強大！就這樣讓你消失太可惜了，我還要再玩玩。說不定會發生意想不到的事！」他的笑容更詭異了。

「來吧！讓我大開眼界吧！看看你到底能做到什麼程度！」他用力捏緊我，往遠處丟。

我快速的飛行，然後撞上一面牆，散成粉末，又瞬間結合起來。

四周的場景極速轉換，我在一個小房間裡。

這是……吳陽明？

吳陽明坐在書桌前，他看起來很年輕，像是大學生。他似乎看不到我，但我看到他正在寫信給靜芸。

看來這是靜芸國中時期，和吳陽明通信的時候。

這不是我的回憶，所以可能是虛幻的？

「這不是虛幻的，我帶你到最容易殺了他的時空裡。」腦海裡出現那個人的聲音。

我的手上突然多了一把鋒利的刀。

「來，你此生最痛恨的人，現在就在你眼前。像個男人，一刀殺了他！」那個人說完，又呵呵的笑了起來。

吳陽明就在我面前，如果我殺了他，靜芸可以從此過著幸福快樂的生活，只要手起刀落！

你就當我是地獄使者吧！

我一步步走向吳陽明，他還是看不見我。我心裡漲滿了興奮和憤怒，手中的刀握得更緊了。

我把刀高高舉起。我等的，不就是這一刻嗎！

31

吳陽明就在我的眼前，只要用力往下一刺，就能替靜芸報仇！

但我的手在發抖？

「快啊！讓我看看！快啊！」那個人在我腦海中不斷催促。

反正我都要消失在世界上了，殺了這個時空的他，也沒什麼大不了吧？

我可以的，只不過是殺個人，而且是我恨的人。

雖然不斷的說服自己，拿刀的手始終動彈不得。

「快殺！」那個人非常生氣，他的聲音讓我頭痛。

「我真的殺得了他嗎？」我試著問那個人，「他看不到我，摸不到我，照理來說我也殺不了他，不是嗎？」

「你殺得了他！快殺！」他說。

我閉上眼睛，不斷的深呼吸，然後把刀子放下。

「你在幹麼？快照我的話做，你想消失嗎？」那個人似乎急躁了起來。

「我不知道這裡是不是混沌，也不知道你是誰，更不知道如果不照你說的做會怎麼樣？如果真的要消失的話，就消失吧！在死前可以走到這一步，我已經心滿意足。」我深深的吐了一口氣，「我不會殺他的。如果殺了吳陽明，那我跟他有什麼差別？」

「你有沒有搞錯！這個人害死你最心愛的女人，你的珍寶他棄若敝屣，你吞得下這口氣嗎？現在我給你機會，你竟然不動手？少跟我談什麼崇高的理想，都是假道學！看過這麼多靈魂，哪一個不是在死前露出貪婪、憤怒、好色、虛榮、仇恨的一面？這就是人的本性！」

他非常激動。

我沒有回話，只是靜靜看著眼前的吳陽明。他寫完信後，把信紙拿起來細讀，然後露出滿意的笑容。這個時期的吳陽明，跟我認識的他判若兩人。

「我並沒有唱高調，心中也充滿憤怒和仇恨。但在歷經人生跑馬燈的過程，讓我知道該幫助他們對抗想死的念頭，而不是強硬的消滅痛苦的源頭。吳陽明也許真的害死了靜芸，可是在他們通信的時候，他也給了靜芸很大的力量。就某方面來說，靜芸的死不能完全歸咎在吳陽明身上。雖然很不想這麼說，但我覺得種下悲劇種子的是靜芸自己，吳陽明只是不自覺的讓它長大了而已。」

「我聽不懂你在講什麼！你到底殺還是不殺？」那個人大聲吼著。

「不殺。」我把刀子丟到地上，刀子應聲消失。

「原來你到死前才發現自己是個懦夫，是吧？還想救什麼人？我看你連自己都救不了！」

他語帶諷刺。

「其實剛好相反，到現在我才理解，要救生死一線的他們，其實並不難。」我閉著眼睛，淡然的說。

「你真是狂妄到了極點！我要徹底的摧毀你！」他說完，我瞬間從那個場景被抽離，回到一團氣體的狀態。

那個人很生氣的搓揉我，「跟我說什麼大道理，你到底算哪根蔥！我會讓你知道你有多渺小、有多傲慢，然後痛苦的跟我道歉，求我讓你消失！去死吧！」

他從我像氣體的身體裡，抽出三條黑色扭曲的線，用力的把我往地上砸！我感覺非常痛，好像散成碎片，但又隨即重組起來。

接著回到了另一個場景，我穿著高中制服，眼前有一扇鐵門，門的縫隙透出光線。高中時期？是哪一個時間點？那個人讓我回到這裡是為了什麼？

看來答案在鐵門的後面。

我推開鐵門，熟悉的一幕映入眼簾。

「學長，我不知道黃靜芸學姐的太陽是誰，但你是我的太陽，我真的很喜歡你。」陳佳欣站在頂樓的圍牆邊。

那個人的確厲害，陳佳欣的事我這輩子都很遺憾，不管她最後有沒有掉下去。

佳欣站上圍牆。

「救啊！你以為她只要不站上圍牆，就不會掉下去嗎？」那個人的聲音再度出現在我腦海裡，「剛剛講得這麼有自信，你救她啊！」

他說的是對的。不管我答應她或是拒絕她的告白，她往下跳或是走下圍牆，佳欣跟靜芸一樣，心裡那顆種子已經種下了，終究有一天會發生悲劇。

天空開始下起大雨。不對啊？我記憶中這天是大晴天，怎麼下雨了？

佳欣站在圍牆上，淋著大雨毫無畏懼。

「佳欣，下大雨了！淋雨會感冒的。」我看著她說。

佳欣露出疑惑的神情，「學長，你在開玩笑嗎？現在是晴天啊。」

晴天？我全身都淋溼了，難道是假的？

突然遠處傳來一個女孩的尖叫，好像發生了非常不好的事。

那個人的聲音又出現了。「轉身離開吧！別忘了現在攝影社的辦公室裡，黃靜芸正在被王陽泰騷擾，在這個現實裡，我會讓事情變得更糟。」他說，「現在去找黃靜芸還來得及，別管陳佳欣了，就讓她跳吧！反正她也死不了，不是嗎？」

天臺颳起強勁的風，佳欣的頭髮、衣服、裙子隨風擺動，她仍面無表情的站在原地。

我看著佳欣，她的眼睛竟然慢慢流出血來，臉上露出詭異的笑容，「學長，我跳嘍！你攔不住我的，這次我要死在你的面前，讓你內疚一輩子！呵呵。」

這很明顯不是我的回憶，應該是那個人在作祟。但我無法分辨這裡是平行時空，還是只是那個人的惡作劇？

「我已經告訴王陽泰，現在黃靜芸是他的，他要幹麼都可以。你想要救誰呢？即將失身的黃靜芸，還是一心求死的陳佳欣？其實你誰都救不了，這裡是我的世界，我要讓你知道什麼是無能為力的痛苦！」那個人說完大笑起來。

「其實不懂的是你。」我低聲說。

「你在跟我說話嗎？」那個人問。

「從我的人生開始，到跑馬燈的回憶裡，一直到現在，我經歷的都是無能為力的痛苦。我以為可以改變命運，其實我在她們的生命中都只是配角。」

我並不害怕，「謝謝你送我回來，不管這裡是平行時空還是假的世界，都不重要！我要在消失前的最後一秒，用我的方式拯救她們！」我大聲喊。

我閉上眼睛，專心回想當初的細節。眼前發生什麼事，我都不管了。

「我不想當妳的太陽，那樣太沉重了。」我對她大聲的說，「佳欣，有件事我想了很久，終於有機會問妳。」

「學長請說。」佳欣的聲音恢復平靜。

「是席慕蓉對吧？」

「啊？」

「妳加入校刊社的時候，自我介紹說喜歡席慕蓉的詩，對吧？」我仍然閉著雙眼。

「嗯……是啊。」

「佳欣，對不起。妳送的餅乾，我送給我家對面的小朋友吃了，所以餅乾盒底下的信我沒看到，但我猜是席慕蓉的詩。」

她吃驚的說：「你怎麼知道？」

「我想了很久，覺得應該是這樣沒錯。」感覺雨下得更大了，現在我能肯定這些是幻覺，只有我受影響。我一定要在這裡解開和佳欣的心結。

佳欣沉默了一下才開口：「學長，我不知道你為什麼跟我說這件事，我只想聽到你的答案。我知道你有喜歡的人，也不奢望你會跟我交往，但就算騙我也好，我好希望你能成為我的力量，讓我好起來，做更多喜歡的事。我覺得自己已經到極限了，世界上只有你懂我，只有你懂……」佳欣邊說邊哭。

「你的眼睛不張開嗎？她要跳下去嘍！現在跳的話必死無疑啊！」那個人的聲音聽起來有些急了。

「佳欣，妳等我一下，五分鐘就好，我給妳答案。」睜開眼睛，天氣已經放晴，我轉身往門口跑去。

「現在陳佳欣可能已經跳下去了，你想到一樓看她的屍體嗎？」那個人又在我腦海中嘲諷著。

「你給我閉嘴！」我大喊。

「你這個狂妄的傢伙！」他非常生氣。

我感覺到大樓開始劇烈搖晃，是地震嗎？雖然我知道是假的，仍然影響了我的平衡感，在樓梯間跌了一跤。

「你剛剛說五分鐘吧？我要讓你永遠到不了！」那個人說完，大樓被震裂，眼前的樓梯兩端被拉開，形成一道鴻溝，深不見底。

我站在邊緣，看著對面的樓梯不斷往後移動，離我越來越遠。我顧不得害怕，大叫一聲往前衝刺跳躍，伸長了手希望搆到邊。

但還是差了一點，邊緣離我的手指只差幾公分，我往下掉，重重的摔在地上。

我到了一樓。所以剛才都是幻覺嗎？

我步履蹣跚的走到大樓外，已經沒有大雨、強風、地震。我面對頂樓大喊：「佳欣！我在一樓！」

佳欣還站在圍牆上，應該掉了不少眼淚。

我大聲的說：「佳欣，我知道妳喜歡我，我也覺得妳是一個很可愛的女孩！」

她笑了。

「可是我不能騙妳，我不能跟妳交往！因為我心中有喜歡的人了！」我使盡全力大喊。

她的臉沉了下來。

「不過我答應妳，不管什麼時候，當妳要掉下來的時候，」我深吸一口氣，「我一定會接住妳！」

佳欣破涕為笑。

突然我腦袋裡出現非常銳利的噪音，我直覺的大叫，摀住耳朵。

「你這個混蛋！」那個人非常生氣，「你真的惹火我了，誰叫你這麼做的！」

「學長，你沒事吧？」佳欣見狀大聲的問。

「我沒事，但時間不多了。我想問最後一個問題，妳信裡寫的，是席慕蓉的《一棵開花的樹》，對吧？」

佳欣微笑點頭。

我瞬間被抽離，回到混沌之中。那個人把我抓到他的面前，惡狠狠的瞪著我。

《一棵開花的樹》 席慕蓉

如何讓你遇見我
在我最美麗的時刻　為這
我已在佛前　求了五百年
求他讓我們結一段塵緣

佛於是把我化作一棵樹
長在你必經的路旁
陽光下慎重地開滿了花
朵朵都是我前世的盼望

當你走近　請你細聽
那顫抖的葉是我等待的熱情
而當你終於無視地走過
在你身後落了一地的
朋友啊　那不是花瓣
是我凋零的心

32

「來吧！我準備好消失了。」我對那個人說。

對於一個在生命盡頭的人來說，我得到的已經非常多了，是該離開了。

那個人似乎不想放過我，他正抓狂的對我拳打腳踢，將像一團氣體的我重重丟到地上，用力的踩。

雖然沒有痛覺，還是非常痛苦，像是精神上的虐待。然而對於經歷過這一切的我來說，這些痛苦已經無所謂了。

「你想消失？你以為我會讓你稱心如意嗎？」那個人生氣的說，「我告訴你，我要折磨你多久就多久！我要讓你感受最絕望的時刻，感受從沒感受過的痛苦！回憶你可以閉著眼睛，但你以為最可怕的是曾經發生過的事嗎？不！是你不知道的事！」

他用力把我往遠處丟，我感覺自己在高速飛行，完全沒有煞車。

砰的一聲，好像撞上了什麼東西，破碎後落在空氣裡。

那些極細的碎屑，緩慢的飄落在一個房間裡，我雖然沒有形體，卻看得到所有的情景。房間很暗，只留了一盞檯燈的光，一個女人背對我的視線，坐在梳妝臺前，正在啜泣。

女人的背影很熟悉，她的身旁放著一瓶巧克力牛奶，一份像是醫療檢查報告的文件，還有一個小瓶子和小茶匙，小瓶子看起來非常像阿嬤給我的「勇氣」。

女人哭了很久，最後抬起頭來，我從鏡子的反射看到她的臉，是我的媽媽。她臉色蒼白，滿臉淚痕，我驚覺這應該是媽媽的房間，牆上還掛著一幅裱框的相片，是我的嬰兒照。媽媽呆滯的盯著桌上那份報告，眼淚不斷流下。我試著移動，近一些看那份報告，是她的診斷結果——癌症。

記得從媽媽開始病懨懨到離世，沒有幾年時間。她常說如果早點發現就好了。媽媽是個開朗的人，但自從得病之後性情大變，情緒悲觀負面，對我也非常嚴厲，常常又打又罵。她總是說希望我成為更好的人，不要浪費生命。

「你做到了嗎？你沒有浪費生命嗎？」那個人的聲音又出現了。

我沒有回話。

「你知道為什麼讓你回到這段過去嗎？」他呵呵笑，「那個小瓶子是什麼你知道嗎？」

我看著媽媽把小瓶子的蓋子打開，拿起茶匙，挖了幾匙小瓶子裡的粉末，加到巧克力牛奶裡。

「那是氰化物。」那個人非常愉悅的說，「是毒藥！哈哈哈！你小時候最喜歡喝巧克力牛奶對吧？對吧？對吧？」他不斷的問我。

我不敢相信眼前的情景，那瓶被下毒的巧克力牛奶，是要給小時候的我喝的？

「這是你虛構的場景吧？就像是雨天、地震一樣。」我問。

「不。如果騙你那就不好玩了，這是真的，只是你不知道而已。」他憋不住笑意。

「不可能，這一定是假的。」

我看著媽媽的手不斷在發抖，茶匙掉到地上，她大哭了起來，跪坐在地。

「媽媽，妳為什麼在哭？」一個大約三、四歲的小男孩站在房門口，揉著惺忪的雙眼，「妳不是要陪我睡午覺嗎？」

那是小時候的我。

那個人的笑聲在我腦海中更大聲了，好像在慶祝什麼事一樣。

媽媽擦了眼淚，看著小時候的我說：「大樹，你先回去房間睡覺，媽媽等等就上去。」

「媽媽，妳是不是要偷喝我的巧克力牛奶？」小大樹指著桌上說。

「沒有，這是媽媽自己的。你快上去，不然我要生氣了。」她神情匆忙。

小大樹跑過去，一把搶過巧克力牛奶。

「哈哈哈哈，快喝、快喝！」那個人大喊。

「不對！我記憶中根本沒有這段畫面，如果我那時候就被毒死了，怎麼會有後來的我？」我大聲說。

「這不是你的記憶，這是平行時空啊！我剛剛去叫在睡午覺的你下來，我很想知道平行時空的你，如果提早死掉會怎麼樣？」那個人很興奮。

「你怎麼可以做這種事？這應該違反宇宙的規則，不是嗎？」我急忙說。

「笑死人了！你有什麼資格跟我說這個，你才是違反最多的！而且這裡是混沌，我愛怎樣就怎樣！」

媽媽一把拉住了小時候的我，牛奶有些灑出來，但不影響小大樹正要喝下牛奶。媽媽尖叫，我也大叫一聲，想要去抓住小大樹的手，卻抓不到任何東西。

「不行！」我往前衝去，一頭撞上牆壁，靠牆的櫃子竟然動了，櫃子上的音樂盒應聲掉落。

音樂盒發出聲響，是〈愛的羅曼史〉這首歌。

媽媽和小大樹都停了下來，驚訝的看著無緣無故掉下來的音樂盒。

這時候房門打開了，阿嬤走了進來。

她看到房間裡發生的事，一點也不驚訝，慢慢走過來，拿走小大樹手上的巧克力牛奶和桌上的小瓶子，走出房間。

我移動到房間外，看到阿嬤把巧克力牛奶和瓶子裡的粉末倒在流理臺水槽，開了水龍頭，用大量的清水把容器、水槽沖洗乾淨。

接著她走回房間，媽媽和小大樹都在哭。地上的音樂盒還在響著。

阿嬤走向小大樹，摸摸他的頭，「大樹乖，阿嬤在餐桌上放了一罐養樂多給你喝。」

小大樹破涕為笑，開心的跑出去，阿嬤把地上的音樂盒撿起來放好。

「妳自己死還不夠，要拉著小孩一起嗎？」阿嬤的語氣很平靜。

媽媽哭得非常傷心，「今天回診，醫生說我只剩半年左右，我自己痛苦沒關係，但是大樹太可憐了。當初是我執意把他生下來，現在我後悔了，他沒有爸爸，以後也沒有媽媽了。」

媽媽抬起頭，歇斯里底的對阿嬤說：「媽，妳有想過嗎？如果有一天妳也走了，大樹就只剩一個人了，就只剩一個人了！」

阿嬤露出微笑，每當我遇到挫折的時候，她都是這個笑容。「從現在開始，我們要每天祝福大樹，希望他過得更美好，有很多朋友陪他，有精彩的人生。一直到妳走了，我也走了，我們在天上也要看著大樹，保護他，照顧他。」阿嬤走到媽媽身邊，蹲下來抱住她。

「人都死了，怎麼照顧他、保護他？我想帶大樹一起離開，這樣才能繼續照顧他。妳也不用再為我們煩惱了。」媽媽抱著阿嬤哭。

阿嬤說：「麗雲，我和妳爸爸第一次見面，他就拉著我說要救我，我以為他是神經病，後來我原本要搭的那輛公車就出了嚴重車禍。他總是說就算死了，也會永遠愛我，保護我。」阿嬤邊說阿公的故事，邊流下眼淚，「所以我相信他一直在天上看著我們，保護我們，有一天我們走了，也會在天上看著大樹。人生總有過不去的時候，我們可以哭，但不能麻木。這也是妳爸爸常說的，記得嗎？」

阿嬤和媽媽相擁而泣。

小大樹走進來，看到她們正在哭，疑惑的問：「媽媽、阿嬤妳們為什麼在哭？」

阿嬤站了起來，輕輕拍拍小大樹的頭，「沒事了，媽媽身體不舒服，阿嬤帶你去散步。」

小大樹拿著原本裝毒藥的空瓶說：「阿嬤，這個是什麼？我可以帶它一起去散步嗎？」

「可以，瓶子裡面裝的是媽媽的勇氣，你要好好保管喔。」阿嬤溫柔的笑了。

我已淚流滿面。

「我受不了了！怎麼變成家庭溫馨劇？」那個人在我腦海中大吼。

阿嬤牽著小大樹向我這邊走來，走到我旁邊時突然停下，「阿才，一定是你回來了，回來保護我們了，對吧？」

阿才？阿嬤在對阿公說話？

阿嬤流下一滴眼淚，我試著用手去接住。

「我不玩了，你消失吧！」那個人大聲說。

眼淚觸碰到我手心的剎那，我感覺自己成為一個光點，迅速往空中飛去。

33

我感覺自己不斷的往上升，速度很快，周圍發光，而且覺得溫暖。

不知道是因為阿嬤的眼淚，還是那個人正要讓我消失？

遠方突然出現一道光，朝著我投射過來。跟我剛出車禍的時候，要接走我的那道白光一樣。

祂明亮、溫暖、充滿希望，像是一雙要擁抱我的手。

這才是真正的太陽。靜芸離世的時候，是不是也看到了這道光?是不是也接受了這個溫暖的懷抱?也許這樣充滿力量的擁抱，才是她後來一直尋找的。也許她在死亡的過程裡，找到了最想得到的東西。

但是這溫暖的擁抱，非得要到死前才能得到，豈不是太可悲了嗎?

我如果沒有虛度人生，就能將溫暖的擁抱給予需要的人，包括靜芸。因為擁抱其實很簡單，只要毫無保留的對他人張開雙手就可以了。

我竟然到這種時候才懂……

我持續的上升，往白光的方向，看來這是最後一程了。

這時候後方傳來極大的引擎聲，像是F1賽車的聲音。

有一個黑色的圓體，冒著黑煙緊追而來。

「忘了跟你說，我最喜歡這個部分了!」那個人大聲咆哮，「誰說你可以逃的!」他的聲音從黑點發出來，說完黑點竟然出現飛彈的聲音。

一顆飛彈快速的朝我飛過來。

太荒謬了!才剛閃過這個念頭，飛彈已經在我旁邊爆炸，聲響震耳欲聾。

我像戰機被擊落一樣，白光離我越來越遠，最後墜落在一個純白的空間。

我成為一個白點，周圍已經不再發光，而且失去動力。

黑點降落在我旁邊，它的形狀像是一臺帶著翅膀的賽車，那個人從黑點裡走出來。

我無力的停在平面上看著他。他長得跟我一樣，不管看幾次仍然非常詭異，如果他是邪惡的我，那還真夠討厭的。

他像個小孩子邊走邊跳的朝我過來，「我來嘍，你想逃嗎?這裡是我的地盤耶!」

其實我根本不知道到底發生什麼事，所以剛剛一度要逃離混沌了嗎?

他站在我面前，低著頭看我，右手化成一把利刃，作勢要向我刺過來。「你讓我覺得很不爽，本來想多玩一下的，看來再不讓你消失，搞不好會被搶回去。」他右手的利刃正要往下刺時突然停下，他瞪大眼睛，笑得詭異，「最後有什麼遺言嗎?」

遺言?我從沒想過這件事。

從一開始一心想要告白成功，到後來想要救回靜芸，卻從沒想過要留下什麼遺言給這個世界。

我想了一下，「我終於知道存在的意義。就像我的名字一樣，不管艷陽天還是傾盆大雨，都能當一棵大樹，永遠堅定的佇立著，為每一個需要幫助的人提供安心的空間。靜芸曾說我是一個很溫暖的人，也許這就是我的天賦。如果人生能重來，我想要讓每個我愛的人，都感受這種溫暖。」

「講完了嗎?」那個人根本沒有注意聽，「我只是隨便問問，反正你的遺言不會有人聽到，就跟著你一起被世界永遠遺忘吧!」他用力把利刃刺向我。

我的周圍突然又開始發光，利刃無法刺穿那層光芒，我慢慢上升，穿越過那個人的身體，往白光飛去。

要被白光吸走了嗎?是因為我的遺言嗎?

那個人看起來很驚訝，右手的利刃瞬間化為一條發光的繩索，用力向我丟過來，像牛仔一樣，把正要飛走的我套住。

「可惡，你又要逃了！一定是你剛剛講了那一堆屁話，讓祂聽了開心。可是我超不爽，我不可能放你走！」他雙手吃力的拉緊繩索，但還是不斷被白光往上拉。

看來他的力量不比白光強。

「可惡！可惡！可惡！」他大聲對白光吼叫，「他是我的，不要跟我搶！」

那個人的吼叫顯然沒用，我還是不斷的在上升。

「等等、等等，那讓他自己選吧！」那個人大聲喊，「陳大樹，你要這麼回宇宙，還是要把握最後一次機會？」

「最後一次機會？」我疑惑。

「我讓你回到最想回去的時空，做一件最想做的事，條件是完成後就要把靈魂給我，任我處置。你也可以選擇跟著白光，回到宇宙去，變成集體意識的一部分。怎麼樣？我的提議比較有吸引力吧？」他說。

繩索繃得很緊。

所以我有最後一次機會可以救靜芸嗎？這麼做有必要嗎？寧願被宇宙遺忘，只是為了某個平行時空的她能平安幸福，值得嗎？

現在跟著白光走，也許在我的世界，還有人記得我，還有人懷念我。但如果被遺忘，就彷彿不曾到過這個世界了。

「以後真的只剩你一個人了。」

我想起阿嬤過世時，舅媽哭著對我說的話。她說得對，阿嬤和靜芸都走了，還有誰懷念我呢？

我需要的是被懷念嗎？還是在千萬個平行宇宙裡，創造一個讓靜芸幸福的未來？

她在我的世界已經死了，但在某個世界裡還活著，全宇宙只有我能救她。只有現在這個機會，可以拯救已經死去的人。

對我來說，靜芸比宇宙還重要。我願意付出一切，得到最後一次機會嗎？

「我願意。」

「哈哈哈哈！我贏了！我贏了！」那個人手上的繩索漸漸鬆了，白光逐漸消失。

周圍的光芒慢慢消逝，我也像被吹熄的燭火一樣，瞬間黑暗，天旋地轉。

一睜眼，我來到一個舊式大樓的天臺，躺在地上，身上穿著破爛，蓋著又舊又破的棉被。

身旁有個小鏡子，我拿起來照了照。

我滿臉鬍渣，全身髒兮兮，這個人根本不是我，甚至不是認識的人。

身處的天臺我完全沒有印象，這裡真的是我最想回到的地方嗎？我進入了別人的身體嗎？那要怎麼完成想做的事？

該不會是那個人騙了我？

這時天臺的門打開，一個約略十四、十五歲的女生無神的走出來。那個女生非常眼熟，我走近一看，是靜芸！

所以這是我們的國中時代嗎？這時候的靜芸跟我根本沒有交集，反而是她跟吳陽明開始通信。那次靜芸去臺北自殺未遂，是吳陽明救了她。就是這段時間，吳陽明成了她的太陽。

如果真的回到國中時代，應該要阻止他們通信，或是阻止靜芸自殺才對。

自殺？我想起靜芸說的「自殺之旅」。她獨自到了臺北的舊商場大樓天臺，在圍牆上要往下跳，結果被一個陌生男子拉住，還把木然的她帶走，企圖誘拐她。

環顧四周，天臺沒有任何人，只有我這個流浪漢和靜芸。所以我就是陌生男子？我就是企圖誘拐靜芸的變態？

這太諷刺了。

我看著靜芸慢慢爬上圍牆，風吹得強勁，她在上面搖搖晃晃，險象環生。

想起坐在斷崖邊的靜芸，也是雙眼無神，搖搖晃晃。所以她終究要走上這一步？

據靜芸所說，當時是陌生男子把她拉下來，帶著她離開，接著就遇到吳陽明。以現在的狀況來說，要過去把她拉下來的確非常簡單，但這樣的話，我並沒有改變什麼。我付出一切回來不是要重蹈覆轍，而是要拯救靜芸！

我想起靜芸在斷崖時說的話。

「我想是國中離家出走，站在天臺圍牆上的時候，那顆沉重的種子就種下了。」

這證明了把靜芸拉下圍牆，只能拯救她的身體，心裡並沒有得救。

這是最後一搏了，不管是身體還是心靈，我都要救。

徹底鏟除那該死的種子！

34

天色昏黃，已近傍晚。

烏雲密布，風來得強勁，並不是好天氣。

靜芸站在圍牆上，眼神呆滯。

所有的黑暗都是從這時候開始扎根，深入地心，盤根錯節。

當時的靜芸最後沒有往下跳，但她的靈魂也許已經墜地了。

她需要的不是拉住她的手，而是擁抱她的心。

「妳不是一個人。」

也許曾經站在高樓感到絕望的人，都只是希望聽到這一句話。

我沒有資格教她如何勇敢，畢竟她已經在心中對抗黑暗這麼久，可能也不想勇敢，不想再努力偽裝自己。

「妳已經夠努力了，放鬆一下吧！想大哭或是大笑都可以。但是，請不要感到麻木。去感受痛苦，因為它會帶來相對的快樂。不繼續活下去，怎麼會看見未來呢？」

我多想走到靜芸面前，把這些話告訴她。不過現在的我說的話，她會聽嗎？她現在的狀態聽得進去嗎？

以一個陌生人之姿，實在無法說出「我會在墜落時接住妳」這種話。只好憑直覺了。

我慢慢走到圍牆邊。靜芸背向我，沒有發現我靠近她。

「小妹妹，妳站這麼高做什麼？」我說。

靜芸轉頭看了我一眼，她的眼神非常絕望，跟十幾年後在斷崖邊的眼神一樣。大概是因為被人發現，她連忙往前跨一大步，想要往下跳。

我一把拉住她的手，「等等，陪我聊聊天，想死不差這幾分鐘。」

我抓得非常緊，但靜芸沒有回頭，看著遠方說：「你想問我為什麼要自殺嗎？」

「不是，因為我已經知道了。」

她沒有回應，大概覺得我在胡說八道。

我仍然緊緊拉住她的手，「其實要死，哪裡需要什麼冠冕堂皇的理由？只需要一個念頭而已。只要有一天過不下去，就可以輕易結束自己的生命。」

「你也要跟我講大道理嗎？」靜芸淡淡的說。

「不，對於想一了百了的人來說，死亡是唯一的解方，是萬能藥。只講幾句話有什麼用?」

「那你可以放開我了嗎?」

「我沒想阻止妳跳,我來幫妳吧!」我微笑,「拉我上去。」

靜芸有些驚訝的看著我,「什麼意思?」

她沒有拉我,我自行爬了上去。這個身體雖然不是我的,感覺也算年輕力壯。

我站在靜芸的身旁,她直覺的往旁邊跨了兩小步,離我一小段距離。

「我現在把妳拉下來,那又如何?過了十年之後,妳還是會往下跳。如果妳終究要跳,不如由我來吧!」我對她說。

靜芸怔怔的看著我這個流浪漢,「我……聽不懂你在說什麼。」

我走向靜芸,一把抱起她,「準備好了嗎?」

她的眼神十分驚恐,我的眼神卻非常堅定。「眼睛閉起來比較不會害怕!」我大喊完,轉身用力把靜芸往空中一甩。

靜芸大聲尖叫,我面無表情的看著即將落下的她。

她伸出手想抓住我,但我沒有任何動作。

下一秒,靜芸重重的摔在圍牆內的地上。

她滿臉是淚,哭著大吼:「這到底算什麼?」

「妳剛剛感到很害怕吧?那是正常的。要說死亡,我比妳專業多了,死亡的過程中,害怕和痛苦超過妳的想像,應該是剛才的幾千幾萬倍。妳以為死能解決問題,其實什麼都沒改變，那些挫折和悲傷，還是在妳的每個平行時空裡，不斷重複的發生。」我說。

「那也不關你的事！你這個流浪漢到底懂什麼？你懂什麼！」她歇斯底里的大喊，淚流滿面。

「妳的悲傷和痛苦有多巨大，我的確不懂。但是，我才不管！」我大聲說。周圍突然颳起強風，風雲變色，看來我的時間到了。「因為不論開心、難過、悲傷、憤怒，生活幸福快樂還是殘破不堪，妳都是黃靜芸，都是我最喜歡的女孩！我希望妳繼續去體會人生，等妳老了之後回顧一生，有一秒想到我，會微笑，那就夠了！」

靜芸愣在原地，我想她一定無法理解眼前這個陌生男人，為什麼如此奇怪。

我繼續說：「所以就算賠上我的全部，要死一萬次，我都會想盡辦法，穿越時空、打破生死的規則，在妳想死的時候阻止妳！所以，請妳好好的活下去！」

風越來越強，天臺上的東西被吹得東倒西歪。

靜芸站起來，疑惑的看著我，「你為什麼要跟我說這些？」

「因為我發現我們都太依賴了。」我蹲了下來，微笑看著她，「那個小瓶子妳帶著吧？把『勇氣』給我好嗎？」我伸出手。

靜芸瞪大眼睛，驚訝的說：「你……你怎麼知道？」

我沒有說話，只是把手掌攤開。她從口袋裡拿出「勇氣」，放到我手上。

我轉身，把小瓶子用力往遠處丟。

「你在做什麼？」靜芸大叫。

「我們都搞錯了，勇氣不在瓶子裡，而是在心裡。如果妳找不到，那一定是借給我了，只要妳說一聲，我就會原封不動的送回妳心裡。」我轉頭微笑。

遠方轟隆作響，天空開始打雷，巨大的龍捲風竟然朝我而來。

這實在太浮誇了。

「靜芸，我要走了。但只要妳又站在高牆上，或是想要毀滅自己的時候，我一定會想盡辦法到妳身邊，不擇手段阻止妳。」

「你是……大樹？」她在我身後遲疑的說。

「我是全宇宙最喜歡妳的人。」

龍捲風已經來到我的面前，強大的力量正要把我往上捲。

我把手張開，靜芸在我的背後。就像小時候，我擋在靜芸面前保護她那次一樣。

也許靜芸認出我的背影，她大叫我的名字：「陳大樹！」

那聲音漸遠，我往龍捲風中心飛去，突然想起有件事沒說。我對著在地面上，已經小得像個黑點的靜芸大喊：「妳要記得，吳陽明是個混蛋！」

一瞬間我被捲進龍捲風裡，像是被丟進一個巨大的滾筒洗衣機，不斷快速的旋轉。離心力非常強，拉扯著我的頭和腳，好像要把我撕裂一樣。我彷彿聽到身體裡傳出斷裂的聲音，痛得我大叫。

那個人的聲音出現在龍捲風裡：「我終於等到這一刻啦！我要把你撕成碎片，拿去下酒！你就在混沌裡被折磨，被世界永遠遺忘吧！」他的笑聲非常狂妄。

這就是故事的結尾嗎？

我眼前一片模糊，依稀看見一個人影衝進龍捲風裡，一把拉住我的手臂。

是帶路人嗎？

她用力的拉著我，快速飛出龍捲風。我聽到那個人在身後大叫，但聲音漸漸變小。

她帶我進入一個空間，像是宇宙。周圍是彩色的銀河，到處可見星雲和閃爍的小光點。

「快來不及了，走！」她緊緊抱住我，我們化成一道光，往前飛去。

我沒看錯，是帶路人救了我。她要帶我回到宇宙交差嗎？

「我終於懂了，為什麼是我來為你帶路。」她說。

那道光前往地球，照向高速公路，照進了正在翻覆的車裡。

她很快的把我的靈魂放進車裡的身體裡。

我一陣錯愕。

「妳在做什麼？」我問。

「車快翻完了。」帶路人把那片已經些許插進我眉心的玻璃拔出來，丟到車窗外。

「我回來接受翻車後的死亡嗎？」

「大樹。」她認真的看著我，「我想起來為什麼要當帶路人了，就是為了現在啊！」

車體發出巨大的撞擊聲，劇烈晃動，我的頭重重撞上座墊的靠枕，一陣暈眩。

「活下去。」我在昏迷前聽到帶路人這麼說。

「駕駛人還有呼吸心跳，快送急診。」
我聽到救護車的警笛聲。
「右手開放性骨折，要開刀。」
我半夢半醒。
「額頭也有傷，先縫吧！」
聽起來我在醫院裡。

我沒死？

35

我在迷迷糊糊中睜開眼睛，但隨即又昏過去。
可能是麻藥還沒退。看來我做了手術，傷勢不至於嚴重到瀕死。
那麼那些人生跑馬燈，其實都只是一場夢嗎？

其實我本來就命不該絕？其實只是小車禍，我在麻醉過程南柯一夢？

只是這個夢太過真實了。

不知道過了多久，我醒過來，雙眼矇矓。

有個護理師正在我病床旁換點滴，看見我醒了，她便去請醫生過來。

不久後，醫生走進病房，拿起我床尾的板子寫了寫，「陳大樹先生，是嗎？」

我微弱的回話。

「你睡了很久，終於醒了。你全身都有一些小傷口，看起來是被玻璃碎片割傷的，額頭有一個比較深的傷口，應該是有碎片刺進去，但我們找不到碎片，直接縫合，後續會再追蹤。右手臂的尺骨斷裂，造成開放性骨折，這是主要動手術的部位，現在用了鋼板固定，傷口會腫脹、會痛很正常。你還有輕微的腦震盪，休息幾天應該就好了。」他詳細的說明。

醫生走了之後，我靜靜的躺在病床上，感受身上所有部位的疼痛。

我無法驗證那些瀕死的經驗，究竟是真的還是想像，但我九死一生是事實。

就算那些事都只是想像，也給了我很大的啓示，也教會我很多事。

我是不是該更愛自己？是不是該活得更有意義？是不是該忘了黃靜芸，繼續向前走？

還是應該為她做些什麼？

剛剛那個護理師又走進來，看了一下點滴，「有任何不舒服的地方嗎？」

我指了電視，「可以看電視嗎？」

「遙控器在床頭。」她說完要離開，突然又停下腳步，「建議不要看電視，會影響你休息。」

我實在不懂護理師的意思，在她走了之後還是打開電視。

新聞臺正播放談話節目《關鍵龍捲風》，一位來賓非常誇張的談論某個事件。

「一道光直接照入這臺車內，就是這一秒，各位觀眾看一下這裡。」他用手指著身旁的大螢幕，「我的直覺告訴我，這就是神蹟啊！」

螢幕上出現一張照片，是一臺車正在翻覆，有一道光線照入車內，看起來是行車記錄器的截圖。

我看著那臺車的車型和車牌，「這不就是我的車嗎？」

「你翻車的新聞現在是全臺灣最熱門的話題。」一個聲音出現在門邊。

我轉頭一看，是個女孩子，有點熟悉又陌生。

……陳佳欣？

「你出事當天，有人的行車記錄器拍下了整個過程，上傳網路。然後你就紅了。」佳欣走到我的病床邊。

「佳欣，妳怎麼會在這裡？」我疑惑的看著她。難道我還在混沌之中？

「我是這家醫院的護理師，剛剛下診了，順道過來看你一下。」她說。

佳欣的身材適中，和被我改變的未來不同，但我記得現實世界裡，她因為高中天臺的事，大學時期又菸又酒，還自殺了幾次。

她坐在病床旁的椅子，雙手交叉在胸前，不發一語的看著我。

氣氛實在很尷尬，「所以……妳是來找我要簽名的？」我說。

「你還是一樣愛講冷笑話。我以為我們這輩子都不會再見面了，沒想到是用這種方式再見。」

「在醫院敘舊的確很不吉利。」

「不是醫院，是夢。」

我滿臉問號。

「你記得高中的時候，我站在天臺圍牆上的事嗎？」

我點點頭。她繼續說：「那件事之後，我曾經一度很恨你，總覺得這輩子都不會原諒你。你出事的那個晚上，我夢到高中時的同一個場景，你跟我道歉，還說了一些話，隔天就聽說你在我們醫院動手術，我覺得這一切太巧了。雖然很蠢，但我想確認一件事。你……」

我打斷她的話，「我一定會接住妳。」

佳欣瞪大眼睛看著我。

「我也想確認一件事。是《一棵開花的樹》嗎？餅乾盒底下的那張紙條，寫的是這首詩嗎？」

她看起來更驚訝了，眼眶逐漸充滿淚水，「太不可思議了……」

「不可思議的事，我還可以講更多。但此刻我想講的是：『佳欣，對不起。』」

佳欣摀住嘴巴，眼淚不斷流下來。

「以前很多話我總是不敢說，或是覺得以後還有機會說。現在我要說該說的話，做該做的事，因為一句話可能就能拯救一個人，一個舉動就能改變世界。」我說。

佳欣站起身，匆忙的要離開。

「佳欣等等。」我叫住她。她停下腳步，沒有回頭。

「我想跟妳說兩件事。妳做的麵包真的很好吃，妳應該勇敢去做自己喜歡的事。還有，戒菸吧！手上有菸味怎麼做得出頂級的麵包呢？」

佳欣的背影微微顫抖，看來正在啜泣。「學長，謝謝你。不好意思，我現在情緒有點激動，明天再來看你。」

我微笑著說：「明天見。但我想請妳幫我找一個人來。」

「誰？」

「春城哥。」

「你是說高中校刊社的那個人？你們還有聯絡嗎？」

「好幾年沒聯絡了，不過我有非常重要的事要找他。」

佳欣點點頭，離開了。

晚上的病房裡充斥淡淡的哀傷，其他病床不時傳來咳嗽的聲音，配上消毒水的味道，讓人很難開心得起來。

我在這個夜裡，想著這一切發生的事。

那道光就是帶路人送我回來的光嗎？她究竟是誰？是靜芸嗎？

當我做好了死亡的心理準備，卻又被送回來。是不是該做一些曾經後悔沒做的事？

這是現實世界，我沒有重來一次和預知未來的超能力。

但還是能做些什麼吧？

為我愛的人做些什麼。

隔天一早，陽光從病房的窗戶照進來。過了一夜，我沒有回到翻車的車內，確定回到現實世界。

陳佳欣從門口走了過來，站在我床邊，神情有些不悅，「學長，我昨天找到春城哥，但他真是令人不爽。」

「怎麼了嗎？」記憶中春城哥因為是保險業務員，待人一向很客氣。

「可能有錢人就是任性吧！」佳欣拿起手機，應該是打給春城哥。

電話接通後，她把手機拿給我。

「春城哥，好久不見。」我說。

「你這兩天很紅喔！不過用這種方式成名，不是很理想。」春城哥語帶諷刺。

這幾年是發生了什麼事，讓他變得這麼機車？

「我就直說了，我有事想拜託你。」

「要借錢，沒有。」春城哥說得斬釘截鐵。

一旁的佳欣聽到通話內容，生氣的說：「是吧？他昨天也是回我這句，誰要他的臭錢啊！」

「如果沒別的事，就先這樣吧。」春城哥回。

「我知道黃靜芸在哪裡。」我說。

「什麼？」春城哥和佳欣異口同聲。

「黃靜芸的告別式前兩天才剛辦完，你到底在說什麼瘋話？如果知道為什麼不早點說？」春城哥聽起來很激動。

「我就是在參加完靜芸的告別式之後，回家途中翻車的。」我說完，他們倆都沉默了。「如果我說自己是在翻車的時候，才知道她在哪裡，你們相信嗎？」

「看完這兩天的電視新聞，我也不得不相信。」春城哥嘆了一口氣，「其實我前兩天也做了怪夢，夢到你和我穿越來、穿越去，好像在演科幻電影。」

「佳欣昨天跟我說，她也做了夢。本來以為那是我死前的錯覺，現在看起來好像不是這樣。」我說。

「假如那些夢都是真的，那我要跟你說清楚，我沒有興趣接受你的任何請託。」春城哥語氣冷淡，「現在我的生活很好，並不想改變什麼。黃靜芸的事也該過去了，她的家人都接受了，我們還要執著什麼？」

「學長，不要跟他說了。他就是個自私的人。」佳欣想拿回手機。

「你過得很好？」我忍不住心中的怒火，「你想過靜芸是在多絕望的心情下，孤單的死在荒郊野外嗎？她曾經隱藏痛苦，用自己的天賦，站在舞臺上讓很多人得到快樂。她在死前多希望看到最後的希望，感受最後的陽光，但卻只有前所未有的孤獨。現在我們有機會讓這件事得到善終，如果因為你的自私留下遺憾，你睡得著嗎！」
春城哥很不服氣，「誰說我自私？黃靜芸是我的高中同學，是我的偶像，我難道不希望她還活著，繼續唱歌為大家帶來希望嗎？但她死了就是死了，我們都該繼續往前走！」
「我這麼做就是為了要繼續往前走。我們一起解決這件事，不留下遺憾吧！」我堅定的說，「你看過那些夢，知道我們該做什麼。」
春城哥沉默了很久，「那些都只是夢，要怎麼驗證黃靜芸真的已經遇害，人又在那裡呢？」
「只能找他了。」我說。
「誰？」
「王陽泰。」

36

「你確定你能出院了嗎？」春城哥看著我纏著繃帶的手，「感覺很嚴重。」

「醫生說只要多休息，盡量不要使用右手，其他地方的傷倒是還好。而且再住下去，不知道還要花多少錢。」

「錢倒不是太大問題。」春城哥小聲的說。

雖然頭和右手都包著繃帶，身上多處也有傷，行動還很遲緩，我還是主動要求出院，醫生評估我沒有其他危及生命的狀況就答應了。出院這天，我請春城哥來接我，順便跟他說接下來的計畫。

春城哥幫我把東西放上他的車，是一臺奧迪的新車。

「你到底為什麼突然變這麼有錢？」我好奇的問。

「大學的時候，我媽幫我投資了股票，沒跟我說。因為我爸工作的關係，我們很常搬家，也沒特別記得這件事。前陣子我爸的生意有些週轉不靈，我媽突然想起以前有幫我投資，後來找到了存摺，才發現原本亂買的股票，漲得很誇張。」

「你媽買的是？」

「大立光。」春城哥淡淡的說，「我們把股票賣了之後，我開始研究股票投資，結果這幾年怎麼買怎麼賺……」

看來這是命，春城哥不管在哪一個時空，都會賺很多錢。

「你接下來打算怎麼做？」春城哥在車上問我。

「我要將真相公諸於世，然後道歉。」

「你要道什麼歉？」

「不是我，是吳陽明。我要他在電視上公開這些事，然後向靜芸和她的家人道歉。」

春城哥的眉頭皺得很緊，「大樹，我懂你的心情，我也跟你一樣憤怒，很想為黃靜芸出一口氣，不過還是要面對現實。」他指了車外的一塊看板，上面是吳陽明抱著一個小孩，開心的笑著。「他現在是市議員候選人，民調超高，還有日昇集團執行長的身分。你真的以為憑我們兩個小老百姓，可以動得了他嗎？」

「幸好你很有錢，我的計畫才能啓動。」我說。

春城哥大笑三聲，「你是想要買凶殺人嗎？」

「不，我想要買器官救人。春城哥，你的錢夠多嗎？」

他疑惑的看著我，「我的錢是不少，但你這麼問真的很可怕。」

「你就當作投資吧！我準備把這些故事寫成小說在網路上連載，會賺不少錢的，之後還給你。」

春城哥嘆了一口氣，「唉，這種承諾真不可靠。我上輩子不知道欠你多少。」

一個多月後，我們做好了所有準備，到了預定的地點，只等吳陽明入甕。

我站在窗邊，看著夜色，心中充滿無限感慨，想著今天也許就能讓事情告一段落，靜芸能得到安息，她的家人能得到安慰，我也能繼續往前走。

「大樹，你的狀況還不是很好，其實可以不用來的。」春城哥打扮盛重。

這是一間高級西餐廳，氣氛很好，但全場只有我們一組客人。

「我想看到結局。」說完我走進餐廳廚房。

廚房裡擺了兩臺監視器螢幕，畫面是外場的情況。

吳陽明從餐廳門口走進來，他轉頭跟身後的司機說了幾句話，對方就離開了。

吳陽明走到春城哥面前，他們微笑握手，然後坐下。

我把耳機戴上，聽他們的談話內容。

「李先生，這間餐廳氣氛這麼好卻沒其他客人，你該不會包場了吧？」吳陽明對春城哥說。

「餐廳老闆是我的朋友，既然要接待吳先生這種重要貴賓，當然要包場。」春城哥假笑。

吳陽明話鋒一轉：「抱歉，我這個人比較急性子，直接進入主題吧。我知道李先生是股市名人，玩股票很有一套，對於你來說，應該是以獲利為考量。老實說，我雖然是日昇集團執行長，也知道現在的股價並不是很好。你大量買進日昇的股票，甚至還跟我們的大股東接觸，又約我見面，到底打什麼算盤？」

春城哥笑了一下，「你說得對，這次投資是我有史以來，最冒險的一次。但如果不這樣做，怎麼見得到你本人呢？」

吳陽明的語氣有點不客氣：「你到底想怎樣？不管你想要整日昇還是整我，都不會成功的，勸你收手吧！」他站起身，「我還要回競選總部開會，先這樣吧。」

「等等。」春城哥叫住他，「我想問你黃靜芸的事。」

吳陽明先是愣了一下，馬上回神，轉身要離開。

「先看看這個再走也不遲。」春城哥把一張照片放在桌上，是吳陽明和黃靜芸在某個山區接吻的照片。

吳陽明看了瞪大眼睛，「這哪來的？你是誰？這麼久以前的事現在重提做什麼？」他講話很大聲，看來是害怕了。

「所以黃靜芸是你殺的？」春城哥淡淡的說。

「這一看就是合成照，你到底有何居心？」吳陽明故作鎮定。

這時候有一個人從暗處走向他們，把一疊照片重重摔在桌上。「這些都是我拍的，什麼合成？我看你是作賊心虛！」

是王陽泰。

那天我打電話給王陽泰。他現在是明日週刊的狗仔隊記者，本來不想理我，聽到我問他是不是有拍到八年前，靜芸失蹤那天的照片。王陽泰先是非常驚訝，接著痛哭流涕。

不能公開照片，不能舉發自己的老闆，對他來說是種折磨。而且就算公布照片，也沒有人會相信他。

「難道要帶進墳墓嗎？又有誰會相信我呢？」王陽泰說的跟春城哥一樣。「也許我該忘了這件事，繼續往前走吧。」

我看著他，「你可以繼續往前走，但你睡得著嗎？」

吳陽明看到桌上的照片，露出難以置信的樣子。

王陽泰衝上前，抓住他的領口，憤怒的說：「這些年領你的薪水讓我覺得苟且偷生，我現在正式辭職，而且要把你幹的好事公諸於世！」

吳陽明推開王陽泰，「我根本不認識你！」他轉過頭指著春城哥，「你們正在犯罪知道嗎？我馬上報警抓走你們這些小混混！」

他把手伸進西裝口袋裡，怎麼也找不到手機。

「你們偷了我的手機！」

又有一個人出現在吳陽明身後，跟他只有一步的距離。

吳陽明嚇得轉過身，看到對方拿著自己的手機，大喊：「把手機還給我！」

「戰利品是不能歸還的。」丁添春說。

37

那天我跟春城哥提到丁添春的時候，他完全沒有印象，看來這段不在他的夢裡。我告訴春城哥，在另一個時空他和丁添春女兒的緣分之後，他非常感動，直說一定要幫忙這個小女孩。

利用春城哥的財力，我們很快就找到丁小妹所在的醫院。

丁小妹因為先天性心臟病，常常進出醫院，醫院早已幫她安排心臟移植，但因為費用龐大，遲遲沒有動手術。我和春城哥表明願意負擔她的手術費用，希望跟丁小妹見個面。

我們見到丁小妹的時候，她獨自坐在病床上，正在看書。

「妳喜歡看書嗎？」我說，「我準備寫一本穿越時空的現代愛情科幻小說，有興趣嗎？」

她抬頭微笑。

我說了那些人生跑馬燈的故事，她聽得津津有味。

「陳大哥，你一定要寫這個故事，我很期待！」丁小妹非常興奮。

「那等妳手術完，換了健康的心臟，我就開始寫。」

「我聽醫生叔叔說你們要出錢讓我動手術，謝謝你們，但是為什麼要幫我呢？」

「我知道妳不想用爸爸的錢，所以就由我們來出吧！當然我們也有事要拜託他。」

丁小妹低頭不語。

「我也想救人。」春城哥說，「陳大樹穿越無數個平行宇宙去救人，我沒辦法像他一樣。但妳現在就在我面前，我要救妳，也要救妳爸爸。」

丁小妹驚訝的看著他。

一個人影出現在病房門口，「說到底還是要我去偷東西。」丁添春緩緩走進來。

「這件事結束之後，我會幫你轉行，開個日本料理店。」春城哥轉頭對他說。

「你們願意幫我女兒，我很感謝。不過請你們知道，我不是下三濫的小偷，也不是見錢眼開的無賴，很多東西我不偷，很多壞事我不幹。幫我女兒出手術費很高招，我不得不聽你們的要求。說吧！要我偷什麼？麻煩講個難度高的。」丁添春雙手交叉，表情嚴肅。

「偷回失去的正義。」我說。

餐廳裡，丁添春拿著吳陽明的手機，跟他差了一步的距離。

「你這副德性，我一定不會把票投給你的。」

吳陽明看起來非常生氣，他大吼：「你又是誰？你們現在是集體犯罪知道嗎？」

我從廚房走出來，「他是臺灣第一神偷，而我們只是一群想為靜芸伸張正義的人。」

「你們打算在這裡殺了我嗎？那是不可能的，我的司機在十五分鐘內就會來接我，到時候如果警察也來了，你們插翅難飛。趁現在離開吧，我可以當作這些事沒發生。」吳陽明故作鎮定。

丁添春輕蔑的笑了一下，「如果不能讓大家全身而退，那我還叫什麼神偷？」

「你不用為我們煩惱，我只希望你能把真相告訴社會，好好的跟靜芸家人道歉。」我說。

吳陽明無奈的笑了幾聲，「關於黃靜芸的死，我早在七年前就已經講得很清楚。第一，我跟黃靜芸已經非常多年不見了，雖然我們曾經是情侶，但分手後就沒有再聯絡。第二，黃靜芸出事當天，我在家裡招待客人，身邊有很多證人，這點檢調已經證實了我的不在場證明。第三，根據檢方調查，黃靜芸長期服用精神疾病藥物，還在她家裡找到遺書，自殺的可能性極高。所以結論就是：我、沒、有、殺、黃、靜、芸，聽懂了嗎！」他怒目而視。

「我聽你在放屁！」王陽泰非常憤怒，「照片就擺在你的面前，還要睜眼說瞎話嗎？」

「那是合成的。你們到底想要什麼？錢嗎？還是要我幫忙疏通什麼關係？」

「誰要你的臭錢！」王陽泰說完就要衝上去打人，春城哥急忙拉住他，然後看了我一眼。

「他說的倒也不完全錯，靜芸的確是自殺。」我說完，王陽泰睜大眼睛看著我。

「吳陽明多年前從國外留學回來，那時候他是日昇集團的明日之星，長相、談吐、學識都非常好，是集團的準接班人。但日昇當時的股價直直落，公司也一直沒有革新作為，吳陽明肩負集團的生死重任，想用最快的方法讓民眾再度看見日昇。」

「最快的方法是……黃靜芸？」王陽泰問。

吳陽明面無表情的看著我。

我接著說：「他看到電視上的靜芸，看到你寫的黑函，發現這個女孩就是當時跟他通信的人。吳陽明知道自己就是靜芸的『太陽』，只要他出現，她會奮不顧身的奔向他。當時第一時間報導他們曖昧的八卦，不就是明日週刊嗎？後來靜芸能炒新聞的價值越來越低，他就轉向追求富家千金，最後結婚了。果然日昇集團的股價大漲，吳陽明的身價水漲船高。靜芸因為太愛他，甘願當小三，直到發生那件事，讓吳陽明決定帶靜芸去山上好好談談，想把她送到國外。畢竟未來要選舉，和樂的家庭形象、老婆娘家的資源，都是不能缺少的。」

「你說這麼多，不就是代表吳陽明在山上殺了黃靜芸嗎？」王陽泰大喊。

「他們吵了一架，吳陽明把靜芸一個人丟在荒郊野外。」我說。

「把女孩子丟在那種地方，跟殺了她有什麼兩樣？」王陽泰很氣憤。

吳陽明看著我，露出詭異的笑容，「你的故事編得很好，來明日週刊工作吧！如果你們的故事已經講完，我要離開了。」

「我早知道你會這麼說，所以請神偷幫我『借』了這個。」我把一份文件放在桌上。

吳陽明看了文件，臉色很難看。

「這是黃靜芸的病歷，證明她在死前三個月，拿掉了一個孩子。」

在場的人都很驚訝，除了吳陽明。

他放聲大笑，「她有沒有拿掉孩子關我屁事！你能證明孩子跟我有關係嗎？」

「不需要證明。我只需要請神偷把照片和病歷，無聲無息的放在你老婆的床頭。」我淡淡的說。

吳陽明非常激動，衝過來抓住我的領口，「你敢！」

我眼神堅定的看著他，慢慢的把每一個字說清楚：「認錯、公布真相、道歉。」

「你這個死殘廢！」他大叫，一拳重重打在我臉上，我跌倒在地。

王陽泰衝了過來，一把推開吳陽明，「我們沒動手，你倒先動了？剛好，我老早就想揍你一頓，你不認錯，我就打到你認！」

吳陽明搖搖頭，笑了一下，脫下外套對王陽泰說：「好，你打贏我就道歉。如果你輸了就給我滾，永遠不要來煩我！」他擺出拳擊的預備動作。

我急忙阻止王陽泰，「他是業餘拳擊手，你討不到便宜的！這不在我們的計畫內，別亂來！」

「你放心，我是運動健將，打架這種事還算拿手。」王陽泰也擺出預備動作。

我餘光瞄到春城哥也脫下外套，挽起袖子。

這時王陽泰一個箭步向前，快速的往吳陽明揮拳。吳陽明輕鬆閃過，一記上勾拳重重打在王陽泰的下巴，他騰空飛起，又摔在地上，昏了過去。

看來王陽泰從高中到現在，格鬥技巧完全沒進步。

春城哥突然從吳陽明後方靠近，一把勒住他的脖子。

「從後面偷襲，太小人了！」吳陽明說。

「面對你這種敗類，需要講什麼禮儀？」春城哥緊緊勒住他。吳陽明抓住春城哥的手臂，彎腰用力往前甩。春城哥被過肩摔，整個人砸在桌上。

吳陽明殺紅了眼，歇斯底里的大叫：「來啊！還有誰？來一個打一個！」

他怒氣沖沖的走向丁添春，丁添春連忙揮揮手，「我沒說要打啊，我們的計畫裡沒有這一段。」吳陽明才不管他說了什麼，抓住他的領口，就要出手。

「等等！」我站起身，對吳陽明說，「我來吧。」

丁添春看到我額頭、右手還包著繃帶，連忙阻止：「你還是別鬧了！」

「如果我打贏了，希望你遵守承諾，好好的道歉。」我擺出預備動作。

吳陽明鬆開了丁添春的領口，朝我走過來，「這是你自找的，我不會因為你是傷者就手下留情。」

我露出微笑，用受傷的右手用力對他比中指。

他擺出專業的拳擊預備動作，滑步往我過來。

「其實你不用這麼認真，我根本打不過你。」我說。

「那你就是討打！」他快步往前，準備對我出拳。

「但是我記得這件事，」我看到吳陽明的右肩出現小抖動，「是右勾拳！」我往後傾閃過，然後舉起受傷的右手，用盡所有力氣，大叫：「給我道歉！」

一拳打在吳陽明的鼻梁上，他飛了出去。

砰的一聲，重摔在地。

38

我的右手極度劇痛，心裡很複雜。身體感到非常疲憊，癱坐在旁邊的椅子上。

吳陽明躺在地上，不發一語，低聲哭泣。

餐廳反鎖的大門發出聲響，有人想要強行開門，看來是吳陽明的司機回來了。一旦他發現打不開門，也聯絡不到老闆，就會馬上報警。以吳陽明的身分來說，警察應該十分鐘左右就會抵達現場。

春城哥和王陽泰聽到聲音，搖搖晃晃的站起來，準備離開。

「快走吧！我設計的鎖頭設定十分鐘後就會打開，足夠我們離開了。」丁添春說。

王陽泰跑過去，想踹躺在地上的吳陽明，被丁添春攔住。「別鬧了，趕快走吧！被警察抓了今天就白搞了！」

他們三人準備離開，我仍然坐在椅子上。春城哥過來要扶我，我婉拒，「你們先走吧，我有些話想跟吳陽明說。」

「你沒聽到神偷說的嗎？」春城哥驚訝的問。

「我必須確定他會認錯、道歉，這對我來說非常重要。」

春城哥搖搖頭，「唉，我們在車上等你吧。」

他們離開後我走向吳陽明，伸手要拉他起來。他一把打掉我的手，另一隻手摀著眼睛。

「你以為我不難過嗎？我也是打從心裡喜歡黃靜芸啊！」吳陽明躺在地上說，「我怎麼可能殺了喜歡的女孩？」

「你沒有殺她，只是把她送上傷心絕望的崖頂，讓她孤獨的留在那裡而已。」

吳陽明睜大眼睛看著我，他滿臉淚痕，眼眶還不斷溢出淚水。「當天我們大吵了一架，我的確負氣離開，但從沒想過她會自殺啊！」

「我說的不是那天，是從她國中的自殺之旅之後，你救了她，成了她的浮木。利用她對你的喜歡，成為她的太陽，把她一步步帶進看似幸福的假象，最後無情的把她拋棄。」我的音量越來越大，「你有想過嗎？這個過程裡你已經殺了她幾次？」

吳陽明流著眼淚，沉默不語。

「殺死靜芸身體的是她自己，然而毀滅了她的心的，是你。手上沒有鮮血，不代表你就是無罪的。」

他坐起身，情緒平緩了一些，「我答應你，會去跟黃靜芸的父母道歉，而且給他們下半輩子衣食無虞的賠償。」

我搖搖頭，「不，公布真相、認錯、道歉。缺一不可。」

吳陽明大吼：「如果公布這件事，我還要選嗎？我的前途可能就此結束了啊！等選舉過後再說吧！」

我衝向前，一拳打在他的臉上，「靜芸呢？她的前途在哪？」我不斷的往他臉上打，「在你寫信的那個時空，沒有一刀殺了你，我現在應該這樣做！你擁有靜芸的包容、期待和全部的愛，但你卻只想到自己？靜芸死前還把她珍惜的『勇氣』給你，就是怕你失去活下去的勇氣，結果呢？」

我停手，吳陽明的鼻血流下，他吃驚的看著我，「你怎麼知道『勇氣』的事？」

我抓著他的領口，「那是我送給她的。」

「你就是陳大樹？」

「如果你不公布真相，我就是你這輩子的惡夢！」我惡狠狠的瞪著他。

「哈哈哈！」吳陽明突然大笑。

「有什好笑的?」我生氣的說。

「我只是想起黃靜芸跟我提過你。」

「你說什麼?」

「我問黃靜芸，她隨身攜帶的小瓶子是什麼?她說是『勇氣』，是小時候的青梅竹馬給她的，我當時覺得很可笑。黃靜芸從不在我面前提其他男人，只有你不同，想必在她心中占有一席之地。我好奇的追問，她說你像大樹一樣，為她擋風遮雨，也是她的騎士，只要有危險，一定會來救她。」

我愣了一下，鬆開了吳陽明的領口。

「所以你還認為，她給我小瓶子，是為了要給我勇氣嗎?」吳陽明輕蔑的笑了一下。

靜芸給他「勇氣」，就是為了現在。她知道我總有一天會找到吳陽明，也許會對他不利，不過只要他拿出小瓶子，我就會相信靜芸是自殺的，跟吳陽明無關。因為「勇氣」不可能會離開靜芸身邊，除非她自願送人，而且知道自己即將離世。

我沮喪的退了兩、三步，吳陽明站起身，想必他此刻覺得自己可以全身而退。

「你走吧。」吳陽明拍拍身上的灰塵，「警察應該快到了。」

我轉身，默默的走向廚房，那是逃離路線，但隨即停下腳步，「我逃了也沒用對吧?想必你會把我們全部抓了。」

「不。」吳陽明笑了一下，「我這兩天會召開記者會，宣布退選、公布真相、道歉。」

我驚訝的轉頭看著他。

吳陽明深吸一口氣，然後如釋重負的吐氣，「你剛剛提到寫信的時空，對吧？雖然我不懂是什麼意思，卻讓我想起曾經跟靜芸通信的那幾年，不只是我成為她的太陽，她當時也是我的力量，那時候的感情純真又正向。直到我一心想振作家族企業，做了多少錯事，失去了多少人？不只是靜芸而已。我覺得累了，可能從這件事開始，我能重新找回當初的那個自己，成為一個好老闆、好老公、好爸爸。」吳陽明說，「陳大樹，我從沒被打得這麼慘過，這幾拳也許讓我清醒了一些。」

餐廳門外出現嘈雜人聲，看來是警察到了。

我扶著牆快步的往廚房移動，沒有再回頭。

逃到了餐廳外，發現剛剛下過雨，城市被洗得很乾淨，散發著清新的味道。

一年後。

我右手裡的鋼板已經開刀移除，額頭、身上多了很多疤，但心裡覺得自己從沒這麼健康過。

舅舅打了電話給我，說兩個兒子長大了，需要自己的房間，他準備把老家的阿嬤房間清一清，希望我回去幫忙整理，順便看看哪些東西是想要留的。

自從阿嬤過世之後，我就搬了出去。老家是舅舅一家人居住，但阿嬤的房間一直維持原狀。

開車回老家的途中，車裡的收音機傳來廣播節目主持人的聲音：「多年前知名歌手黃靜芸，曾經是許多粉絲心中的女神，可惜很早就離開人世了。去年因為日盛集團執行長突如其來的記者會，讓這位歌手又重新回到大家的腦海裡。最近唱片公司在網路上公布了一首Demo帶，是黃靜芸在生前錄的最後一首歌。據唱片公司說，這張翻唱專輯是黃靜芸自己策畫、出資的，可惜沒辦法完成。她連專輯名稱都想好了，叫《For You》，如今只剩這首Demo留下來。今天為各位播放這首歌曲，黃靜芸的翻唱版本〈踮起腳尖愛〉，獻給收音機前最特別的你。」

舞鞋穿了洞，裂了縫，預備迎接一個夢……

靜芸熟悉又陌生的聲音傳來，我熱淚盈眶。

一年前，在餐廳發生那些事的隔天，吳陽明真的召開記者會宣布退選，而且鉅細靡遺的說明靜芸過世那天的所有細節，也向她的家人及社會大眾道歉。此舉引發軒然大波，黃靜芸案重啓調查，吳陽明成了嫌疑人。雖然最後因為證據不足，吳陽明只被判了過失致死，但也因此讓警方找到了靜芸的遺骸。

靜芸總算可以安息了。

這時我的電話響了，是佳欣打來的。

「學長，你該不會也聽到廣播的歌吧?」

「嗯。」

佳欣沉默了一下，「我們今天一起去靜芸學姐那裡吧。」

「好，等我忙完就去麵包店載妳。」

到了老家，舅舅看到我非常開心，「大樹，好久不見。你身體還好吧?」

「很好。」我微笑著說。

他拍拍我的肩膀，「辛苦了。」接著指了客廳的一堆雜物，「我整理了一些阿嬤的東西，不知道要不要留，你看看吧。」

我走過去，看到吉他、阿嬤的衣服、裝飾品，還有一本厚相簿。

我把相簿拿起來，「這是阿嬤的相簿嗎?我怎麼沒看過?」

「對啊，有好多本，那本是最舊的。因為裡面沒有我們這些小孩的照片，很少拿出來看。你可以看看啊，我剛剛翻開也覺得很新奇，沒想到你阿嬤年輕的時候，有這麼多跟阿公的合照，她都藏起來。」

其實我對阿公根本沒有印象，他很早就去世了，只知道阿嬤講到他就會流淚。她常說：「阿才救了我，自己卻先走了。」

聽說阿公才華洋溢，常常彈吉他給阿嬤聽，彈的就是〈愛的羅曼史〉。

阿嬤年輕時的長相我也沒見過，她從沒拿相片給我們看，可能連舅舅都沒有印象。

相簿內頁太久沒翻開，都黏在一起了，要稍微用力才能把頁面分開。有的相片已經汙損，有的實在模糊不清。

有一張應該是阿公和阿嬤的合照，他們倆比肩站著，男生一手摟著女生，兩個人的肢體有些生硬，可能認識不久。

說實在的，阿公不算是帥哥，但阿嬤年輕時是個美女，想必追求者眾多，難怪阿公要用「救她」這招才能成功。

我仔細看阿嬤的長相，覺得媽媽跟她不太像，卻又非常熟悉。

到底是誰呢？

我心中閃過一個聲音：「活下去。」

是帶路人！

我手中的相簿掉在地上，心裡無比震驚。

舅舅急忙跑了過來，我示意沒事，把相簿撿起來，裡面掉出一張紙。

那張紙上是某一年的年曆，上面的日期都畫滿了圈。

「這是什麼？」我問舅舅。

「你阿嬤說這是祝福表，她每天都要為全家人祝福，包括你和我。她怕忘記，所以每年做了一張表提醒自己。這件事她一直做到過世前幾天，連在醫院都做。」舅舅擦了擦眼淚。

我想起翻車的那一刻，帶路人來到我面前說的那些話。

一切都是有原因的。我擁有她充滿愛的祝福，成為受福者。她離世後，為了能在未來拯救我，而成為帶路人。

阿嬤給了我一個機會，得到全新的生命，繼續未完的人生。

不能浪費。

要像大樹一樣，享受每天的陽光，為需要的人提供一片遮雨的地方。

不能浪費。

我的手放在那張相片上，微笑著落下一滴淚。

宇宙中有億萬個不同的星球，存在千萬種未來，構成無數的平行時空。

但有一個是獨一無二的——陳大樹穿越時空，拯救了黃靜芸的那一個。

傍晚的夕陽照著整排教室，放學後女孩們一個個背著書包走出來。橘黃陽光襯著女孩們的笑語，情景平凡卻無盡美好。

一個高中男生站在走廊，有些躊躇不安。

一個女孩走到他的背後，拍了拍他的肩膀。

「大樹，是你嗎?」女孩一頭及肩的短髮，水汪汪的大眼睛，盈盈的笑容，眼神清澈無比。

男孩轉身，滿臉通紅，滿頭大汗，「這樣妳都認得出來?」

「我認得你的背影啊。」女孩微笑。

男孩更緊張了，結結巴巴的說:「靜芸，我是來邀……邀稿的，有一個……『為你寫詩』的活動……」

女孩打斷他的話，「我願意。」

「我都……還沒說完。」

女孩笑得眼睛都瞇了起來，「只要是大樹拜託我的，我都會答應。」

男孩的臉更紅了，「那就……麻煩妳了。」他像機器人一樣，僵硬的轉身要離開。

「大樹，謝謝你。」女孩在男孩身後說。

男孩僵硬的轉頭，「謝……什麼？」

「謝謝你救了我。」

「我聽不懂妳說什麼……」男孩轉身面向女孩。

女孩有些失望，喃喃自語：「你果然不記得了。」

她抬頭看著男孩，「沒關係，我只想讓你知道，因為你那時候救了我，改變了我很多。」

「那就好。」男孩情緒慢慢恢復正常，「雖然我還是不懂，但是不用謝了。因為不管何時何地，遇到多大的困難，我一定會奮不顧身的救妳，這點我很確定。」

「為什麼？」女孩雖然笑著，但眼眶有些感動的淚水。

「因為……」男孩漲紅了臉，鼓起勇氣大聲的說：「因為我喜歡妳啊！」

女孩擦去一滴落下的眼淚，說：「我也是。」

她撲進男孩的懷中，「全宇宙，我最喜歡你。」

全文完

番外一　最後的情書

「我必須離開一下。」帶路人轉身打開收音機，傳出一段熟悉的旋律。「記得，你只剩三秒鐘，越是在回憶中亂來，時間會過得越快。」

大樹進入跑馬燈。

帶路人在翻覆的車裡，看著靜止的大樹，心中竟不可思議的充滿親切感。

她已經不記得曾經為多少人帶路，每個人都有自己的故事，都有人生的後悔。

「但沒有一個人，像大樹這樣，令我感到心碎。」

身為帶路人，不該為即將死去的人，投入任何感情。

因為沒有必要。

「我們沒辦法改變什麼，他們發生的那些令人不忍的事，都只是人生課題。」這麼多年來，帶路人都是這樣告訴自己的。

引導每一位亡者走向白光，就是她的工作。

但是陳大樹為什麼這麼不同？她幾乎沒辦法拒絕他的要求，而且對於他的死亡，總感到非常傷心。

帶路人知道，她必須找到答案，必須知道陳大樹跟她的使命有沒有關係。

有記憶以來，她就是不斷引導亡者離開，自己是怎麼成為帶路人的，她已經不記得了。

帶路人沒有上司、沒有下屬、沒有同伴，一個人默默的工作，甚至沒有時間感。即使心中有很多疑問，也得不到答案。

她猜想應該有很多帶路人同時在工作，但自己從來沒遇過。

這個工作很孤單，平常會聽到的，只有心中的聲音。

「妳是不是感到很困惑？」心中的聲音對帶路人說。她正在上升，回到宇宙中。

「我的使命到底是什麼？」帶路人問，「還是不能知道嗎？我真的不懂，為什麼這是祕密。」

「它從來都不是祕密。」

「我已經問過無數次，沒有一次得到答案！」帶路人有些生氣。

「因為當時不需要知道，現在妳該知道了。」

帶路人的腦海裡，突然不斷的湧入大量記憶，像是快速切換的上千張幻燈片。

「我正在恢復記憶？」

帶路人眼前的景物快速變化，看來回憶正帶著她，開始說一個故事。

忽然有一輛三輪車從旁邊跑過去。

「三輪車？」帶路人看著週邊的景色，像是回到四、五十年代的臺灣。有戴著斗笠、挑著扁擔的人，有拉著貨物的牛車，還有光腳的小孩在路上跑。

一個留著學生頭的女孩快步的走著，仔細一看，那女孩長得跟帶路人一模一樣。

「這就是我？」

女孩氣沖沖的背著行囊，看來是要去搭公車。

「妳要去哪裡？」有一個男人拉住她。

女孩驚訝的回頭，急忙甩掉他的手，「你神經病嗎？」

「妳好，我叫陳文才。」男人說。

女孩瞪了他一下，轉頭繼續走。

那個男人又追上來，再次拉住女孩。

女孩很生氣的說：「大庭廣眾下，你再做這種不要臉的事，我要叫警察了！」

陳文才笑了起來，「拉手就不要臉，這個年代果然很保守。」

女孩瞪著他，覺得這個人是瘋子。

「如果有冒犯，我道歉。」陳文才微笑，「但妳不能上公車。」

「哼！你有毛病！」女孩說完就走了。

「等等、等等！」陳文才叫住她，「如果妳不上車，我就給妳一百塊。」

女孩停下腳步，「新臺幣嗎？」

「當然是新臺幣，我知道妳需要錢，可以先給妳。」陳文才從錢包裡掏出一百塊。

女孩轉身，驚訝的看著他手中的錢，「你該不會是壞人吧？」

「不是，我是百分之百的好人。」陳文才笑著說。

女孩緩緩移動，伸長手快速拿走那一百塊。「就算不坐這班公車，我還是會坐下一班！」

陳文才點點頭，「這班我要坐。如果可以的話，請妳等我一下。」

「公車都要走了，你要我站在這裡等你回來嗎?」

「很快，等我一下。」

陳文才跑上公車，對車窗外的女孩揮手，女孩沒有回應他，只覺得他真是個瘋子。

這時陳文才突然在公車內大喊:「所有人趕快下車!全都給我下車!」

車內的乘客面面相覷，但沒人離開。陳文才見狀，徒手把車窗打破，砰的一聲，所有人都嚇壞了。他的右手鮮血直流，大家雖然害怕，還是沒下車，只見司機站起來，破口大罵:「你瘋了嗎?玻璃你賠嗎?」

陳文才皺著眉頭，一副無奈的表情，「司機大哥，你也下車吧!」接著砰的一聲，又打破一片車窗，左手也流血了。「你們不下車的話，我就繼續打了。」他走到另一側，又打破一片車窗。

司機和乘客都嚇壞了，連忙下車，司機嚷嚷著要去報警，其他人慌張逃跑。

女孩在車外看傻了，「他真的瘋了?」

公車上除了陳文才，還有一個男人，聞風不動的坐著。

「你怎麼知道的?」那男人低著頭說。

「我能預知未來。」陳文才微笑。

那男人突然大笑，「那你預料到這個了嗎?」他把手高舉，右手握著一顆手榴彈，「一起去死吧!」迅速的把插銷拔掉。

沒想到陳文才一個箭步上前，一把用力握住他的右手，好像真的預知了一樣。

男人非常吃驚，「你玩命嗎？」

「我希望沒有人會死，包括你。」陳文才仍然微笑著。

因為剛剛的騷動，憲兵和警察早就荷槍實彈趕來，團團圍住公車。

「裡面的人聽著，快點放下武器出來！」車外的憲兵大聲喊話。

陳文才開玩笑的說：「『放下』武器我們就死定了。」他對車外大喊：「我們要投降，會慢慢走下車。」

那男人對陳文才說：「如果被抓也是一死，而且不能因為我一個人，就讓任務失敗！你是個好人，也是條漢子，快走吧！讓我在這裡光榮殉職吧！」

「嘿，兄弟。」陳文才堅定的看著他，「只要不死，人生就還有機會。」

男人愣住了。

「現在雖然不是一個好的時代，但想辦法活下去才是對的。」陳文才說，「我們一起下車，沒事的。」

「你到底是哪個單位的？」那男人問，「警總？憲兵？」

「都不是。」陳文才皺著眉頭，想了一下，「就當作我是你的朋友吧，未來的朋友。」

陳文才高舉男人的手，緊握著手榴彈，慢慢走下車。

車外滿是憲兵，等著要抓他們。

陳文才小聲的對男人說：「兄弟，抱歉我不能陪你一起被抓，我還有事想做，希望你能幫我引開他們的注意。」

陳文才對男人說了幾句話，接著好幾位憲兵上前，試圖制服他們兩個。

那男人大喊：「公車上還有一顆手榴彈！」現場所有人都把注意力轉向公車，靠近的人還蹲了下來。

「兄弟，謝了！」陳文才對男人說，「記得，活下去。」他非常熟練的快速穿過憲兵和警察，沒入圍觀的人群，好像練習過無數次一樣。

這些事發生得太快，女孩站在遠處看傻了眼。只見陳文才向她跑過來，問了一句：「妳跑得快嗎？」然後一把拉住她，鑽進旁邊的小巷弄內。

女孩一時反應不過來，只聽到身後警察大叫和口哨尖銳的聲音。

這個男人到底是誰？

「我叫陳文才，剛剛自我介紹過了。」他拉著女孩，不斷的在各個巷弄裡鑽來鑽去，「妳呢，叫什麼名字？」

女孩用力把他的手甩開，把背著的行李抱在胸前。「你還說你不是壞人？剛剛那個人不是你的同夥嗎？」

陳文才愣了一下，無奈的笑了，「他是匪諜，我不是，我是好人。不然為什麼要阻止妳上即將爆炸的公車？」

女孩非常疑惑的看著他，「你怎麼可能知道公車上有壞人？」

陳文才雙手插腰，「這很難解釋。我不僅知道公車的事，也知道妳的名字叫林翠霞，正離家出走。」

林翠霞退後了好幾步，「你是人還是鬼？」

「先不要害怕。」陳文才雙手舉起，像是要投降，「不然妳把我當作政府的情報員好了，這樣比較合理。」

「你離我遠一點！」她轉身跑走。

陳文才嘆了一口氣，往反方向走。

天色漸暗，林翠霞在鄉間小路漫無目的的走著，又餓又累，頭昏眼花。

她蹲了下來，雙手抱膝，哭了起來。

林翠霞在家裡排行第四，有三個姊姊和兩個弟弟。他們家很單純，日出而作、日落而息，是那個年代常見的農家。

家裡所有的孩子，都必須跟著父母務農，上完國小就沒有人再升學。林翠霞一心想念初中，但父親不同意，常說：「女孩子念這麼多書幹麼？不到田裡做事，要餓死嗎？」

以前她還小，不敢反抗，現在已經滿十六歲了，打算靠自己。她決定出外工作，想辦法回去念書，這個觀念在當時非常標新立異。

「我真的是好人。」一個男人的聲音突然出現，林翠霞抬頭一看，陳文才竟然出現在面前。

陳文才的雙手不知何時已經包紮好，他伸手表示要接過行李，「去我家吧！」

林翠霞站起身，一巴掌打向陳文才，不料他輕易閃過。

「每次都這樣。先別生氣，妳總要吃飯睡覺吧?放心，我不會對妳亂來。」

「什麼每次?胡言亂語!你正在誘拐良家婦女，這還不是壞人?」她大聲說。

「妳小聲一點，到我家之後，吃完飯我就離開，妳留下，行吧?」

林翠霞站著不動，肚子卻發出聲響。

「不快點決定，會來不及煮飯喔。」陳文才微笑著說。

林翠霞從懷裡掏出一百塊，遞給陳文才，「還給你!吃飯和借住的錢，我以後也會還你，如果發現你圖謀不軌，我發誓會殺了你!」她惡狠狠的瞪著陳文才。

「哈哈哈，沒見過要殺救命恩人的。」陳文才說完轉過身，「走吧，回家吃飯。」

夜幕低垂，月光照在三合院裡。

餐廳的桌上，放著三菜一湯。

「當作報答你的，做飯我還行。」林翠霞走進來，滿頭大汗。

陳文才坐在餐桌前，對著熱騰騰的飯菜發呆。

「怎麼了?菜色不喜歡嗎?」她站在桌邊，「如果有一些鹽巴就好了。看來你完全不會煮飯，真不知道你一個人怎麼活過來的?」

陳文才有些鼻酸，他吸了一下鼻子，拿起筷子要吃飯，看見林翠霞站在旁邊。

「妳不吃嗎?」

「我們家都是先等男人吃完。」

「一起吃吧，餓肚子的人沒有男女之分。」陳文才示意她坐下。

林翠霞有些遲疑，但因爲實在太餓，就直接坐下開動了。

「謝謝妳。」陳文才說，「我家只有我一個人，所以很少開伙，辛苦妳了。」

「不辛苦。我以前都背著弟弟做飯，今天算是輕鬆的了。」

陳文才看著林翠霞想，這個年代的女性，是不是都有著一樣的堅毅？

「怎麼了，我吃相很難看嗎？」發現陳文才盯著自己看，林翠霞有點不好意思。

「沒事，只是覺得能跟妳一起吃飯，真是太好了。」

「神經病，快吃。」

「這道是什麼？」陳文才問。

林翠霞很驚訝，「你沒吃過蕃茄炒蛋？」

「吃過，當然吃過。」陳文才有些心虛。吃了一口之後，他突然放下筷子，閉上眼睛。

「很難吃嗎？」

「我有一種很奇妙的感覺，不知從何而來的感動和懷念。」陳文才眼眶泛淚。

林翠霞不知所措，趕緊安慰他，「下次不煮這道好了。」

「不，我希望一輩子都能吃到。」陳文才流著淚，露出幸福的微笑。

只是一頓飯，但令人感覺幸福。

對陳文才和林翠霞來說是這樣，對旁觀的帶路人也是。

帶路人早已淚眼汪汪。

「陳文才是我的丈夫嗎？」帶路人看著陳文才的臉龐，心中五味雜陳。對於眼前這個男人，早已沒有任何記憶，卻感覺由衷的愛著他。記憶可以抹去，但愛永遠長存。

「陳文才以前不是陳文才。」帶路人心中的那個聲音說。

「我不懂，他也是帶路人嗎？」

「跟你們不一樣，他是天生的帶路人。」

「天生？」

「你們本來是人，因為使命而成為帶路人，而他一直都是帶路人。沒有使命，沒有被抹滅的記憶，也沒有結束的一天。他們永遠都是帶路人，不管幾千幾萬年，過去、現在，還是未來，一直都是。」

「真可憐。」要無止盡的看著死去的人們，是多麼痛苦的事。

「他們永生，穿越未來的時空，看盡人間事，與神明無異。不好嗎？」

「當然不好。必須看這麼多傷心的故事，最後只能選擇麻木或是假裝忘記，不痛苦嗎？」

「你們果然是一對，說的話一模一樣。」

「但是帶路人可以跟人類結合嗎？」

「不行，所以他放棄了。」

「放棄？」帶路人疑惑。

砰的一聲，把帶路人拉回翻車現場，車頂猛然墜落地面發出極大的聲響，原本應該靜止的翻覆動作竟然又開始。擋風玻璃和車窗應聲破裂，碎片往大樹飛去，那片即將令他致命，在眉心前的碎片，尖端更已經沒入皮膚。

帶路人心想，是因為大樹又在人生跑馬燈裡亂來了嗎？

「不是還有三秒嗎？我要死了嗎？」大樹心裡想的傳進帶路人耳裡。

「剩一秒。」帶路人看了他所剩的時間，「如果你還要回去，快去快回。不要再做任何回憶跳躍，每次都會縮短你最後的時間。」

大樹很快的又進入人生跑馬燈。

應該可以吧？大樹應該可以在這一秒內，救到黃靜芸吧？

到時候我應該就能安心帶著大樹回去，繼續做帶路人的工作了。

陳大樹只是千萬靈魂的其中一個，是我想太多。他不是我的使命，和我的人生也沒有關係。

「對吧，阿才？」帶路人不自覺的脫口而出。

帶路人再度回到這段記憶中。

「對，我沒辦法再做那樣的工作了。」陳文才吃飽後，回答了林翠霞的問題。

「你的工作是帶死人回家？你是阿兵哥嗎？我真的聽不懂。」

「沒關係，妳不懂很正常。簡單來說，在幾次戰爭之後，我受不了了。為什麼人們要互相殘殺？為什麼這麼多人不珍惜生命？所以我決定做自己想做的事，找尋生存意義。」陳文才說。

「那你找到了嗎？」

「我找到了妳。」

林翠霞滿臉通紅，「你到底在胡說八道什麼？」

「妳的眼神很清澈，是千萬人中我最喜歡的。我想盡辦法，讓妳不受傷害，我偷看未來，把妳留在身邊，因為我喜歡妳。」

對於一個十六歲的女孩來說，這告白太突如其來，讓人手足無措。

林翠霞站了起來，走出門外。

陳文才開始自言自語：「本來只是喜歡。」他看著蕃茄炒蛋的盤子，「原來活著就是這樣。所以我決定成為一個普通人，永生太痛苦，我只想要幾年的幸福就好。」

「陳文才跟我說，他願意放棄一切，成為一個普通人。」

「這種事是辦得到的嗎？」帶路人問。

「從來沒有過。永生的神，為什麼要成為只能活幾年的人？」

「只能活幾年？」

「七年，我們給他七年，然後就煙消雲散，同時消除他成為帶路人期間的所有記憶，從此就是一個普通人了。我們以為他會害怕，他卻毫不猶豫的答應了。」

「那他還記得翠霞嗎？」

「令人意外的是，他什麼都忘了，但關於妳的事，全都記得。」

吉他撥弦的聲音傳來。

帶路人回到另一段回憶，陳文才坐在床邊，不斷練習同一首歌。〈愛的羅曼史〉。

林翠霞走進房間，拉了一張椅子坐下，專心的聽他彈吉他。

「阿才，你怎麼知道我喜歡這首歌？」

「我就是知道。這首歌我快練好了，再等幾天，以後天天彈給妳聽。」

「你身體又不好，還是多休息。」

看來陳文才為了成為普通人，身體健康是交換條件。

陳文才說完，開始翻找身旁的袋子，「我去了委託行，沒想到竟然有這個。」他拿出一個音樂盒，轉了發條後，發出〈愛的羅曼史〉的旋律。

「送給妳，如果以後我不在了，聽聽音樂盒也很好。」陳文才說。

林翠霞豆大的淚滴不斷落下，緊緊抱住陳文才，「亂說什麼，你和我都會長命百歲，你每天彈吉他給我聽，我每天做飯給你吃。」

「翠霞，我知道自己的時間不多了，這幾年我是全世界最幸福的人，這就非常足夠了。妳要記得，不管我在哪裡，每天都會祝福妳和孩子們，保護你們。不要害怕，不管再大的挫折，都有我在，用心去過最好的人生。」

兩人相擁而泣，卻無比溫馨。

「翠霞也喜歡〈愛的羅曼史〉？跟大樹的阿嬤一樣？」帶路人發現了不可思議的事。

「妳就是大樹的阿嬤。」

帶路人愣了好久，突然大聲尖叫，「不、不、不！你們太過分了！怎麼可以讓我去接即將死亡的孫子？我現在就要離開，現在！回到哪裡都好，消失也好，我不能接受這件事！」

帶路人情緒激動，不斷大喊。

「這是妳要求的。」

帶路人一聽，腦袋瞬間空白。

「當時妳自願成為帶路人，說妳想像陳文才一樣，守護愛的人，守護大樹。我們勸妳這很辛苦，而且可能有一天會接到自己的孩子、孫子，但妳義無反顧的答應了。」

「現在可以反悔嗎？」

「好。」那聲音語氣非常平靜。

「等等。」帶路人突然想起一件事，「能多給大樹一點時間，讓他救到黃靜芸嗎？那孩子太可憐了，難道不能在死前完成他的遺願嗎？」

「妳要知道，對於我們來說，這些事的發生都是必然的，怎麼能為了遺願延長他的時間？況且，陳大樹已經在混沌裡了，那裡並不是我們管轄的範圍。」

「大樹已經落入混沌？剛剛還剩一秒啊！」

「他重覆改變時空，造成人生跑馬燈的時間快速縮短。」

「那些已經不重要了，我要去救他。」帶路人堅定的說。

「從來沒有帶路人這麼做，妳也不行。我們想盡力把他拉回來，畢竟他是受福者，但前提是他願意回來。」

「他怎麼會不願意回來？」

「陳大樹選擇留在混沌，為了最後一次機會。」

「最後一次拯救黃靜芸的機會？我不相信，讓我進入混沌！」帶路人大喊。

「妳應該知道那裡有多危險，很有可能完全消失，連一縷煙也不剩。」

帶路人想起之前進入混沌的樣子，不寒而慄。但現在情況不同，自己的孫子很有可能永遠留在那裡，被世界遺忘，她怎能袖手旁觀？

此時她眼前開了一個入口，裡面什麼也沒有，只有純粹的黑暗，和深不見底的恐懼。

「我以為你會阻止我。」帶路人說。

「所有事情的發生都是必然，現在也是。」那聲音淡淡的說。

帶路人毫不猶豫的跳進入口，進入混沌之中。周圍一片黑暗，帶路人感覺自己不斷在墜落。

不知道要掉落多久，巨大的孤獨和悲傷襲來，她雖然是帶路人，仍感到無比的寒冷。

冷靜點，這不是第一次來了。帶路人心裡想。

剛成為帶路人的時候，她曾經為了一個可憐的女孩進入混沌。最後沒救到女孩，自己也差點消失在這裡，是白光救了她。

她試著調整姿勢，讓自己不像在墜落。

也許墜落與否，取決於自己的心裡？帶路人慢慢的把腿盤起來。盤腿之後，掉落的感覺消失了，像飄浮在半空中。

「我只剩一個人了。」

她想起大樹說的那句話，覺得非常心酸。

阿嬤希望他用力的活著，但是對大樹來說，他只看到一個個深愛的人離去。從媽媽、阿嬤到黃靜芸，每次都是人生痛苦的失去。

現在大樹即將死去，心裡想的還是拯救離他而去的人，期盼某一個時空的自己，不是「只剩一個人」。

大樹的人生完整嗎？他在絕望和孤單中死去，現在還可能在混沌裡，被世界遺忘，這樣對他公平嗎？

帶路人已經沒辦法說服自己，畢竟大樹是她的孫子。

但她在伸手不見五指的空間裡，對於現狀束手無策。

可能大樹已經墮入混沌，被遺忘了？我也是嗎？帶路人悲從中來，反常的大哭起來。

也許是已經沒有情緒能代表她還存在，只好哭泣。

然而怎麼哭也沒人聽見，沒有回音，甚至聽不到自己的哭聲。

「別哭了。」細小的聲音傳入帶路人耳裡。

「是誰？」帶路人非常驚恐。

「翠霞……」

「阿才！」帶路人直覺的大喊。

「很高興能再遇見妳，雖然不樂見這樣的情況。」

「你在哪裡？」

「妳看不到我。我在煙消雲散之前，把一部分的意識偷偷藏在混沌裡，因為他們管不到這裡。萬一有一天，妳不小心來到這裡，至少還有我在。」陳文才說。

「所以你會永遠在混沌裡？」

「不，只要我出聲，應該很快就會被發現。但是能再見到妳，也圓了我的心願。這應該是最後的機會了，我有很多話想跟妳說。」

帶路人的眼淚不斷流下。

「在遇到妳之前，我穿梭在上萬年的過去和未來，接受指令帶走即將離開人世的亡者，從沒想過存在的意義是什麼。對當時的我來說，我是神，你們是人，我能看到人類看不到的，能去到人類去不了的地方。時間對我來說是一條線，每一個亡者都只是線上的一個小小的點，他們發生了什麼事，我根本不在意。」

陳文才停頓了一下，「每次人類發生戰爭，都讓我覺得不耐煩，覺得人類很愚蠢。人生已經如此短暫，為何要揮霍？難道人生都只是同一套模式，不斷輪迴？到底什麼是珍貴的？我開始在不同的時代、不同的文化中，尋找珍貴的東西。」

他笑著繼續說：「然後我遇到妳，眼神充滿堅毅的女孩。和妳吃的那頓飯，讓我感受到最平凡的幸福，原來在這一萬年裡一直空缺的那塊，就是妳。妳讓我知道什麼是愛，穿越時間和空間，不會被消滅的，最珍貴的東西，就是『愛』。」

帶路人哭得更大聲了。

「成為帶路人，會讓妳的外貌停在生前最健康幸福的時刻。妳現在的樣子，就是我記憶中的妳，謝謝妳。」

帶路人哭著說：「阿才，我現在真的很混亂，不知道自己能做什麼，不知道為什麼成為帶路人，不知道什麼是使命，不知道怎麼救大樹。」

「翠霞，使命並不重要，我們跟大樹一樣，都是能夠為了所愛奮不顧身的人，抱著這個想法去做就對了。別忘了，愛是宇宙最強大的力量。」

陳文才說完，帶路人化為一道五彩繽紛的光芒，往前飛去。

遠方出現龍捲風，帶路人停了下來，化為人形。

「去吧，帶大樹離開這裡，他不該留在這裡。」陳文才說。

「那你呢？跟我們一起離開嗎？」

「一旦被發現，我就會真正煙消雲散了，不過要送你們離開這裡不成問題。」

「這樣你會被世界遺忘啊！」帶路人很著急。

「只要妳記得我就好，世界也只需要記得，我是妳的丈夫，是最幸福的人，這樣就夠了。」

「阿才，我還沒跟你好好說再見！」帶路人大聲說，但已聽不到陳文才的聲音。

「阿才拚命把我送到這裡，我一定要把大樹救走！」帶路人擦乾眼淚，快速的飛入龍捲風，看見大樹正在龍捲風裡，一把抓住他，往外飛去。

「快來不及了，走！」帶路人緊緊抱住大樹，他們化成一道光，往前飛去。

「我終於懂了，為什麼是我來為你帶路。」帶路人說。

那道光前往地球，照向高速公路，照進了正在翻覆的車裡。

帶路人很快的把大樹的靈魂放進車裡的身體裡。

「大樹。」她認真的看著他，「我想起來為什麼要當帶路人了，就是為了現在啊！」

車體發出巨大的撞擊聲，劇烈的晃動。

「活下去。」帶路人最後對大樹說。

事故發生後，車頭倒插在高速公路的分隔島，車底不斷冒著煙。

遠方傳來不絕於耳的警笛聲。

帶路人看著這幅情景，身體逐漸透明。

「回來吧，妳的使命完成了。」她心裡的聲音說。

「我破壞了生死的規則，會受懲罰嗎？」帶路人淡淡的問，她早已做好準備，接受任何懲罰。

「不，」那聲音說，「宇宙沒有意外。對我們來說，妳對大樹的愛，從來都不意外。」

番外二　不要亂用人工跑馬燈

三年後。

「真的不會死人吧?」春城哥躺在病床上，旁邊擺著很多維生設備。

「嗶——嗶——」心電圖的聲音規律的響著，一群醫生圍著春城哥。

「李先生，您不用擔心，絕對安全!」其中一個矮矮胖胖的醫生向他保證，看來應該是團隊的負責人，語氣阿諛奉承。

「還好我聰明，尾款要親自簽名後才能撥款，不然一去不回怎麼辦?」春城哥說。

「您是我們計畫的恩人啊!當然會讓您安全的回來。」那個負責人陪笑臉，「只是我還是不懂，為什麼要體驗死亡的感覺……」他小聲的碎碎念。

「這種事你們不會懂的!反正記得我只要死掉一秒就好，一秒後就要馬上把我救回來，知道嗎?」

「沒問題!」負責人大聲回答，其他的醫生猛翻白眼。

「李先生，現在要為您麻醉，接下來你會睡著……」麻醉醫師話還沒說完，春城哥就已經睡著了。

他感覺到一種前所未有的疲勞，意識變得緩慢。

病床旁的儀器開始啓動，心電圖的聲音越來越慢，「嗶——」心跳停止。

春城哥陷入黑暗中，有一種缺氧的感覺，他痛苦得想要大叫，卻怎麼也叫不出聲。沒有什麼「白光」啊！陳大樹是不是騙人的？雖然一秒後那些醫生就會把他救回去，但痛苦並沒有減緩，好像溺水一樣，他覺得自己真的會死掉。

春城哥開始後悔自己為什麼要做這種事，花了一堆錢想體驗陳大樹的經驗，卻沒想到必須經歷這些痛苦。

上次開會的時候，負責人明明說死亡的過程會非常平靜啊！

春城哥沒想到，負責人根本沒體驗過，只是各項實驗數據非常漂亮。

他開始有強烈的窒息感，心中充滿恐懼和無助。

一秒怎麼這麼久？他哭了起來。

這時，一道白光灑落，溫暖又明亮。

春城哥抬頭，不自覺的嚮往，眼睛緩緩閉上，隨白光上升。

我真的要死了嗎？春城哥正要接受這個事實的時候，突然有人拍了他的背。

「請問你是……張正元先生？」對方看起來是個二十幾歲的小夥子。

春城哥就像被吵醒一樣，破口大罵：「你吵什麼？我正要去死耶！」

小夥子看起來有些慌張，「對……對不起，只是上面說一定要確認身分……」

春城哥驚覺，這小子就是「帶路人」？

「我當然是張正元，你不就是因為我來的嗎？」春城哥騙了他。

「那就好……」不知為何，小夥子還是有點緊張，「那我……」他好像忘了要說什麼。

這小子非常不專業，帶路人都是這樣嗎？跟大樹說的不一樣啊！春城哥乾脆自己說了：「我聽說不是有個『人生跑馬燈』什麼的？」

「對、對！我差點忘了這件事，難怪好像有什麼事沒做。」小夥子說，「來吧，你快點去人生跑馬燈。」他故作鎮定。

春城哥覺得事情很不對勁，心中冒出不祥的念頭。

「你……該不會是菜鳥吧？」

「咳、咳。」小夥子清了清喉嚨，「我……剛開始上班，還有一點不適應。沒事的，你快點去人生跑馬燈吧！」

果然如此，春城哥嘆了一口氣，「我這輩子見過的菜鳥也不少，你真的是最不會掩飾的一個。老實說，你第一天上班吧？」

小夥子倒抽一口氣，眼睛瞪得很大，說不出話。

「沒想到竟然遇到一個菜鳥……」春城哥有些不滿，「你是帶路人，工作就是把即將要死的人帶向『白光』。在那之前，必須經過人生跑馬燈，回顧完一生之後，再回到宇宙！」他越說越大聲，「這樣你懂了嗎？」

小夥子恍然大悟，「原來如此！你好專業喔，以前有經驗嗎？」

「呸、呸、呸！你才死過！」

「那你為什麼知道這麼多？」小夥子很疑惑。

春城哥驚覺自己的計畫有可能曝光，趕緊說：「朋友有瀕死的經驗啦，我自己也有研究一些。」

「真是太好了，我不懂的地方還請你多多指教。接下來就快點走完人生跑馬燈吧！」

看來這小夥子相當單純。

春城哥說：「我不知道怎麼做。」他沒有聽大樹講過細節。

小夥子很驚訝，「那怎麼辦？」

「這是你的工作吧？難道沒有人教你嗎？」春城哥很意外，帶路人的訓練竟然如此草率，「沒有新生訓練？員工手冊？學徒制？」

「老實說，我連怎麼到這裡的都不知道。」小夥子若有所思，「我的確有經過白光，它溫暖又光明，帶我緩緩上升。但到一半就出現一個聲音，說我還有使命沒完成，完成後才能回去，接著就到這裡了。我可能比你還狀況外。」他無奈的說。

「那你怎麼知道什麼確認身分、人生跑馬燈？」春城哥問。

「我腦袋裡有一個聲音，告訴我應該做什麼。但祂有時出現，有時又很安靜。」

「哇！你真的菜到不行……」春城哥思索著該怎麼辦，「你有沒有魔法杖？或是什麼咒語的？可以送我進人生跑馬燈？」

「咒語？」

「對啊，就是『去去武器走』或是『遵從我命，袪除邪惡，解除，解開束縛』，還是『霹靂卡霹靂拉拉波波力那貝貝魯多』之類的。」春城哥邊說邊帶動作。

「那是……什麼？」小夥子很疑惑。

「你真的沒在看電視耶。」春城哥很無奈，「啊！我想起來了！大樹說，是歌曲帶他回去的。我是不是可以如法炮製？」

「你的意思是人生回憶中，重要的歌曲？你有嗎？」

「我很少聽歌……」春城哥實在想不到。

「還是你想想印象最深刻的東西？」

春城哥閉上眼，突然想起高中合作社裡，炒麵的味道。

每天中午，他最期待衝到合作社，買一盒炒麵和一杯奶茶。只要有買到炒麵，就是最幸福的一天。

他越想越餓，覺得頭有點暈，好像陷入黑暗的旋轉。

是血糖太低嗎？但我不是死了嗎？

春城哥睜開眼睛，竟然回到高中的合作社裡。

「同學，你到底要不要買？」合作社阿姨對春城哥說，他手上拿著一盒炒麵和一杯奶茶，「後面還有人在排隊等著結帳。」

「要、要！」春城哥趕緊掏了口袋裡的零錢，結果只夠付炒麵的錢。

他還是搞不懂，為什麼是炒麵帶他回來。但不管了，既然都已經順利回到高中時代，當然要完成心願！

心願一：揍王陽泰一頓！

春城哥早就看王陽泰不順眼，尤其是之前被他嘲諷：「你回家冰敷你的臉頰吧！」更讓春城哥懷恨在心。

但在現實生活中單挑，他肯定不是王陽泰的對手。如果可以像大樹一樣，在人生跑馬燈中不斷的「再來一次」，那一定可以痛扁王陽泰！這件事對春城哥來說，實在太值了，是花多少錢都買不到的快樂。

不過在那之前，必須先弄清楚現在是哪一天，王陽泰可能會在哪裡？

「管他的，先吃炒麵吧！」春城哥坐在合作社外，看著高中時期最愛的食物，懷念不已。這時候，兩個男學生經過，「欸，你知道二年十五班新轉來一個超級正點的女生嗎？聽說叫黃靜芸，今天中午會在禮堂耶。要一起去看她嗎？」

今天中午在禮堂？春城哥不太記得她為什麼在那裡。

另一個男學生回答：「王陽泰叫我一起去，說他今天要跟黃靜芸告白。」

告白？春城哥想起來了。高中的時候，王陽泰在禮堂跟黃靜芸告白，就是「為你寫詩」的那天啊！

春城哥覺得太扯了，他和大樹竟然回到同一天？有規定這間高中畢業的，人生跑馬燈都要回到「為你寫詩」這天嗎？不過這樣也好，代表王陽泰十分鐘後就會到禮堂，正好可以埋伏他。

春城哥狼吞虎嚥的把炒麵吃完，趕緊跑到禮堂附近埋伏。

門口旁邊剛好有個小樹叢，是個藏身好地點。他躲進樹叢裡，等著王陽泰經過。才剛就戰鬥位置，身後就傳來熟悉的聲音。

「春城哥？」

他轉頭一看，是校刊社社長——筱君！

心願二：跟筱君告白成功！

她是春城哥的最愛，暗戀了很多年，總是沒有勇氣告白。如果能像大樹一樣，擁有「再來一次」的能力，一定可以告白成功，完成他多年來的心願。

「等一下『為你寫詩』的活動要開始了，你在這裡做什麼？」筱君手插腰，有點生氣的說。

「我……在等王陽泰。」春城哥乾脆實話實說。

筱君有點驚訝，「你想得還滿周到，的確要先確認得獎者在現場。」

「不是，我是要跟他……」春城哥話還沒說完，筱君突然跑走，原來是王陽泰一群人正走過來，她主動過去打招呼。

王陽泰看到筱君，露出笑容，兩人相談甚歡。

「搞什麼？出錢出力回到高中時期的人是我耶，現在筱君竟然跟『太陽王』有說有笑？」春城哥氣沖沖的走過去，但沒人發現他，十分沒有存在感。

「王陽泰！我要跟你單挑！」春城哥指著他，表情堅定。

所有人都轉過頭來看春城哥，然後哄堂大笑。

筱君笑得上氣不接下氣，「春城哥，謝謝你的笑話，這裡交給我就可以了，你趕快進禮堂準備活動吧！」說完又繼續跟王陽泰有說有笑。

「妳……我……」春城哥氣到講不出話。

反正只是人生跑馬燈，管他的，豁出去了！

他深吸一口氣，用力大喊：「筱君，我喜歡妳！王陽泰，我要打扁你！」

大家又轉過頭來看他，笑得比剛才更開心，春城哥心都涼了。

「你別鬧了，快進去吧！」筱君對他說。

春城哥默默的轉身，口中念念有詞：「再來一次、再來一次、再來一次！」

不料事情沒有想像中順利，他仍在原地。

這時筱君和王陽泰已經聊完了，她正要回禮堂，看到春城哥便說：「春城哥你快來幫忙吧！別傻傻站在那裡。你今天真的怪怪的。」說完逕自走了。

春城哥低著頭，無法接受事情跟計畫的完全不同。他心想，至少要揍那個兔崽子一頓！

「吃我一招！」春城哥大叫完，跑到王陽泰面前一記飛踢過去。王陽泰畢竟是運動健將，馬上閃過了，春城哥跌落在地。

「你到底在幹麼？你有病嗎？」王陽泰一群人對著春城哥訕笑。春城哥不堪其辱，跳起來發了狂似的對每個人揮拳。

春城哥大喊：「王陽泰！跟我單挑！我看你不爽很久了！」

王陽泰面無表情的看著他，「我根本不認識你。」接著跟身邊的同學說：「我們走吧！別理這個瘋子。」

春城哥愣在原地，想起自己曾經跟大樹說過：「回到過去也不代表可以解決所有的事，對吧？」

他完全不知道自己在幹麼，為什麼要回來出糗。

這時他的心裡傳來聲音，是那個小夥子帶路人。

「張先生，雖然我沒有經驗，但我真的看不懂你想做什麼？這樣做應該是不對的吧？」

「抱歉，我亂改人生跑馬燈的內容，算了，帶我回去吧。我太蠢了，以為可以改變什麼。」

「不、不，我的意思是，不管你想改變什麼，都應該下定決心吧？」小夥子說，「我覺得你決心不夠。是不夠後悔嗎？還是你的個性本來就比較『隨性』？」

「你想說的是『隨便』吧？」春城哥說完，才發現小夥子是對的。可能自己不像那些即將死去的人，心中有很多後悔，這麼想把握死前最後一次機會。

如果我真的要死了，這些是最想改變的事嗎？。

突然春城哥眼前一黑，陷入旋轉。看來要「再來一次」，需要的是專注力和決心。

「春城哥？」他身後傳來熟悉的聲音，是筱君。

一張開眼，已經回到禮堂旁的草叢裡，春城哥站起來對筱君說：「我知道『為你寫詩』對妳來說非常重要，但是王陽泰即將要毀了它！」

筱君一臉疑惑，他接著說：「王陽泰準備在臺上跟黃靜芸告白！」

筱君沒有回話，若有所思。

「我們應該趕快想辦法阻止他！」春城哥說。

「不用了，這件事我知道。」

春城哥愣住。

『為你寫詩』對我來說，的確是非常重要的活動，不過徵稿一直都不順利，同學們也興趣缺缺，所以我跟王陽泰、黃靜芸邀稿，因為他們很受歡迎。」

「邀稿的事我知道，但妳應該也不容許他在舞臺上告白吧？這樣活動就毀了啊！」

「是我建議王陽泰的。」筱君淡淡的說。

春城哥簡直不敢相信自己聽到的，這跟他的記憶完全不同，難道這才是真相嗎？

「校刊社快被廢社了。」筱君表情凝重，「以前每屆還能招到十幾個新社員，現在只剩小貓兩三隻。『為你寫詩』可以搶到校慶的中午時間，在禮堂舉辦，也是因為學校同情我們，認為這可能是校刊社最後一次的大型活動。」

春城哥激動的說：「不、不，妳真的不懂！接下來王陽泰會告白失敗，懷恨在心，上大學之後寫黑函攻擊黃靜芸。他會變成一個很變態的人！」

「這只是你的猜測，就算是真的，也不關我的事！」筱君也激動起來，「我不要校刊社在我手上結束！聽說等一下會有很多人來看他們兩個，你最好不要礙事！」

春城哥看到筱君眼眶含淚，但語氣相當堅定。

這真的是我喜歡的女孩嗎？不，這一定是混沌，大樹說混沌裡很多東西都是假象，嚇不倒我的！

「好、好，我不會礙事，社長大人。」

筱君皺著眉頭，嚴肅的看著春城哥，「你不要再叫我社長大人了，我很不喜歡。」

春城哥想起高中的時候，自己的確很少這樣叫她，「好，我放心裡就好。」

不管怎樣，他只希望筱君開心。

聽到他這麼說，筱君翻了白眼，「更不要放心裡，真的很噁心！」

多麼令人傷心的一句話，春城哥覺得很受挫，「拜託妳，可以拒絕我，但請讓我喜歡妳，單戀也沒關係。」

筱君沉默，長嘆了一口氣，「那我就直說了。」她慢慢的吐出幾個字：「我不會喜歡你，現在不會，以後也是，永遠都不可能！」

春城哥心如刀割，沒想到回來會得到這種答案。但沒關係，把原因問清楚了，待會還可以「再來一次」。

「我哪裡不好？妳喜歡怎樣的男生？我可以改！」

「你到底有什麼問題？難道你看不出來嗎？」筱君退後一步，指著自己，「我看起來像喜歡男生嗎？」

春城哥嚇得說不出話，他一直以為筱君只是比較喜歡中性打扮。「什麼意思？我不懂。」

「我喜歡的是女生。」筱君認真的說。

「不可能，大學的時候還聽說妳交了男朋友啊！」春城哥非常慌張。

「你說什麼？什麼大學？而且男朋友不能是女的嗎？」筱君又嘆了一口氣，「算了，你就跟我爸媽一樣，都是老古板。」

「我不是老古板，但我沒辦法接受這麼大的改變啊！一定是混沌、一定是混沌，太可怕了。」春城哥碎碎念。

「你真的瘋了。」筱君轉身離開。

這些事情已經離計畫太遠，春城哥感到非常失望，對天空大喊：「我不玩了，小夥子帶我回去！」

沒有任何動靜。

這時王陽泰一行人，從遠處慢慢走過來。春城哥非常無奈，才剛告白失敗，這個討厭鬼就出現了。

他看著王陽泰吊兒郎當的態度，不禁拳頭緊握，全身都在顫抖。

王陽泰走近，見狀就問：「同學，你身體還好嗎？是看到我們太害怕了嗎？」說完哈哈大笑。

跟在王陽泰身旁的其中一個男生說：「勸你趕快進去禮堂，等一下有好戲看！」

「你們這些小混混，以為事情會這麼順利嗎？」春城哥咬牙切齒。

王陽泰一行人面面相覷。

「你以為黃靜芸會喜歡你這個自大狂嗎？」春城哥看著王陽泰冷笑，「你根本是個媽寶加恐怖情人，被拒絕後就用盡各種下流手段追求，不丟臉嗎？」

「『媽寶』是什麼？我看你才在耍寶吧？」王陽泰大聲說。

「反正我不會讓你得逞的，你給我待在這裡直到活動結束！」春城哥指著他說。

「神經病！」王陽泰帶著大家往前走，春城哥走到他們面前，擋住去路。

走在最前面的人推了春城哥一下，「你不要太過分，憑什麼不讓我們進去？你知道阿泰是這個活動的第二名嗎？」

春城哥大笑，「我是第一名！」說完揍了那個人一拳。

其他人看到同伴被打，一窩蜂衝上去，對春城哥拳打腳踢，王陽泰只是站在旁邊看好戲。

春城哥蜷曲在地上，雙手抱頭，被打得很慘。直到所有人都打累了，春城哥才站起來，緩慢的走向王陽泰。

「我要跟你單挑。」鼻青臉腫的春城哥指著王陽泰說。

好面子的王陽泰被激怒了，「你真的以為我怕你嗎？」他一腳踹向春城哥，不料被抓住。春城哥緊抓他的小腿，王陽泰有點重心不穩，「快放開，不是要單挑嗎？」

「反正我也打不過你。」春城哥說完，一口咬住王陽泰的小腿，他痛得大叫。

「放開、快放開！」王陽泰痛到眼淚直流，其他人見狀都很害怕，覺得這個人是個不折不扣的瘋子。

「我們去叫教官來！」大家一哄而散，春城哥還是緊緊咬著王陽泰，他們倆跌坐在地，王陽泰一拳又一拳，用力的搥春城哥的背。

春城哥沒有鬆口，心中想到剛剛告白被筱君拒絕，咬得越來越緊。

王陽泰突然大哭起來，「你到底想怎樣？拜託饒過我。我不去領獎，也不告白了，這樣可以了吧？你快鬆口！」

春城哥還是咬著他，含糊不清的說：「你這麼多女人愛，怎麼會懂我們這種感情魯蛇的痛苦？」

王陽泰哭得更大聲，「根本沒有女生真正喜歡我！她們愛的，是那個什麼都第一的王陽泰，是跟我交往的虛榮，都只是想要炫耀，誰真正在乎我心裡想什麼？」

春城哥聽到這些話很驚訝，不自覺鬆口，情緒逐漸緩和下來。

王陽泰還是很激動，「我本來也樂此不疲，反正有漂亮的女生主動追求，有什麼不好？直到遇上黃靜芸，她每次都很認真聽我說話，總是對我微笑，我是真心喜歡她，我可以給她幸福！」

「不，你不行。」春城哥說，「你是個不折不扣的恐怖情人。勸你先學會好好愛一個人，不要逼對方做任何事。」

王陽泰止不住眼淚，嚎啕大哭。

「真的不要再媽寶了。」春城哥站起來，拍拍身上的灰塵。

「我真的不懂『媽寶』是什麼意思啦！」王陽泰邊哭邊說。

「就是要像個男人！」

「嗶嗶！」遠方傳來哨子的聲音，「你們在幹什麼！」剛剛那些同學帶著教官跑過來。

春城哥眼前漸漸變暗，看來要離開了。

「王陽泰，對不起，我錯怪你了。希望你能變成一個暖男，支持黃靜芸，畢竟她沒有太多時間了。」春城哥伸出手，想跟坐在地上的王陽泰握手。

王陽泰一把拍掉他的手，「『暖男』又是什麼意思啦？我聽不懂！」

春城哥的四周開始天旋地轉，離開了人生跑馬燈。

旋轉停止後，他回到手術室。小夥子瞪大眼睛看著他，「你怎麼可以騙我，說你是張正元先生？」

謊言終究會被拆穿。

「對不起，我只是很想體驗人生跑馬燈。」春城哥小聲的說。

「體驗？你知道你在講什麼嗎？死亡是可以體驗的嗎？」小夥子非常生氣。

春城哥沒有回話，只想著如此大費周章，卻得到這種結果，實在非常不值得。

「反正等一下應該會有別的帶路人來接你，你慢慢等吧。」小夥子轉身要離開。

「應該不會，再過一下我就要起死回生了。」

小夥子驚訝的轉過頭，「起死回生？」

「三年前，我得知人生跑馬燈的事之後，就開始大力贊助跟『短暫死亡』相關的實驗計畫，現在這個是最可靠、也最成功的一個。我只會死掉一秒，然後就醒過來，跟睡著沒有兩樣。」春城哥面無表情的說。

小夥子難以置信，「你……你實在太自私了！怎麼可以做這種事？」

「對不起，我現在覺得很後悔。我會受到什麼處罰嗎？」

「處罰？你還是只想到自己？剛剛上面跟我說，因為你自私的舉動，真正的張正元先生現在正掉進混沌，你知道嗎？」小夥子很激動。

春城哥呆住了，沒想到因為自己的自私，讓另一個人即將被世界遺忘。

「我本來不知道什麼是『混沌』，剛剛上面直接帶我去看了，根本是地獄！」小夥子流下眼淚，「張正元先生是一個好人啊！為什麼要被你害成這樣？」

春城哥感到極大的罪惡感，「那現在怎麼辦？」

「沒有辦法了。」

「怎麼可能，大樹就是從混沌回來的阿！」春城哥說。

「我辦不到。我沒有經驗，也沒有能力這樣做。」小夥子非常無奈。

春城哥癱坐在地，腦袋一片空白。

「我要離開了。如果你真的想做些什麼，起死回生之後，讓張正元的家人不要忘記他吧。」小夥子轉過身，看起來垂頭喪氣。

「有一個辦法，我跟他換。」

小夥子背對著他，「你以為想換就換嗎？算了吧。」

春城哥突然站起來，對著上面大喊：「掌控混沌的那個混蛋聽著，帶我去混沌吧，因為我要扁你一頓！」

「沒用的，你不要再罵了。」小夥子連忙制止春城哥，但他還是罵個不停，罵到聲音都沙啞了，還是沒有任何動靜。

「算了吧，你靜靜等著回去吧。」

春城哥停了下來，眼神呆滯。小夥子拍拍春城哥的肩膀，準備離開。

春城哥突然說：「等等，你可以讓我真的死掉嗎？如果真的死了，就有可能去混沌交換張正元回來了吧？」

小夥子皺著眉頭看著他，「你如果真的死了，可能也不會進入混沌，就算進入了，可能也不會換回張正元。你真的要這樣做嗎？」

春城哥哭喪著臉，「也只剩這個方法而已，不是嗎？雖然我不想死，但也不想一輩子帶著罪惡感。」

正當小夥子思考這個方法的可行性時，春城哥突然被一股無形的力量抓住，往天空一甩。他不斷的往上飛，身體快速的旋轉，產生的離心力令他非常痛苦。

看來這就是要進入「混沌」的過程。

春城哥強忍著痛，試著看清楚身邊的景物，突然有個人影反方向快速的與他交會。是張正元嗎？應該是吧？希望是他。

快速旋轉帶來撕裂全身般的巨大痛苦，春城哥忍不住放聲大哭。但真正讓他最難過的，是即將被世界遺忘的絕望。

在這個沒有空間感的世界，他的哭聲參雜著痛苦的尖叫，「我不想死啊！」

突然春城哥眼前一亮，所有痛苦瞬間消失。

他感覺自己躺在病床上。

「李先生，歡迎回來。」那個矮矮胖胖的醫生帶著虛偽的笑臉，對春城哥說。

「我沒死？」春城哥連忙坐起來，摸了摸臉和身體，確定自己還活著。

「依照各項數據來看，李先生您是沒死。」矮胖醫生諂媚的笑著。

「所以剛好是一秒？我差點就回不來了？」春城哥喃喃自語。

矮胖醫生聽見了，小聲的說：「李先生，關於『一秒』的事，需要跟您報告一下。剛剛我有點太緊張，所以您的心跳一停，就馬上把您救回來了，時間應該不到一秒……」

春城哥睜大眼睛，非常驚訝的看著他。

「是我的疏失，但一秒真的很難抓得剛剛好，請您一定要簽字，尾款對我們很重要，您也知道這個年代，醫院經營很困難……」矮胖醫生慌張的解釋。

「等一下我馬上簽字。」春城哥露出笑容，「你救了我，再晚一點就來不及了！」他高興的親了矮胖醫生一下。

旁邊的醫生和護理師忍不住偷笑。

「李先生，其實我結婚了，這樣不太好……」矮胖醫生委婉的說。

春城哥好像想起什麼，突然抓著他的肩膀，「我需要你再幫我一個忙，醫院裡有沒有一個叫張正元的病患？」

矮胖醫生一臉疑惑。

甦醒後半小時，春城哥才感覺到強烈的噁心感，應該是麻醉的副作用。

他回到VIP病房，坐在床邊揉著太陽穴，想緩解頭暈的症狀。

一名護理師走了進來，「李先生，聽說你想要找張正元先生？」

春城哥點點頭。

「他在三十分鐘前，急救無效，已經過世了。」她說。

春城哥並不驚訝，但他在混沌錯身而過的人影，是不是張正元？他是不是已經回到白光？

「他家人在醫院嗎？」春城哥想知道，張正元的家人是否還記得他。

「對不起，這是病人隱私，我不能透露。要不是院長交代，其實連過世的事都不能跟你說。」

「我欠張正元先生一個道歉。」春城哥誠懇的說，「我對他做了很不好的事，已經無法跟他本人道歉了，至少讓我補償他的家人。」

護理師皺著眉頭，看起來很猶豫。

「妳可以跟我一起去見他的家人，如果覺得不妥我會立刻離開。」

「你真的會補償他的家人？」

「妳不相信的話，我可以馬上開一張支票。」春城哥說。

護理師嘆了一口氣，「張正元的家人，只有一個六歲的孫子。」

春城哥非常驚訝，「為什麼？」

「張正元先生靠拾荒維生，已經七十幾歲了，兩天前的凌晨，在撿紙箱的時候，被酒駕的人撞上，送進急診時傷勢很嚴重。當時要聯絡他的家人，才發現他們是社會局的關懷對象，爺爺和孫子相依為命。祖孫倆的感情很好，出事之後，聽說小男孩執意要來醫院照顧爺爺，社工也拿他沒辦法。」

春城哥難過的說不出話。

「現在張爺爺走了，社工說會安置他的孫子，但要等他情緒穩定一點。」

「那個弟弟在哪裡?可以帶我去看看他嗎?」

護理師帶春城哥走到手術室外面，長椅上坐著一個小男孩，哭個不停。

春城哥慢慢走過去，男孩滿臉是淚，看著眼前這個陌生人。

「你好。」春城哥尷尬的笑了一下。

「不要把我帶走，我要跟爺爺一起!」男孩嚎啕大哭。

看到男孩哭得如此傷心，春城哥卻無能為力。他突然發覺，「很有錢」的優勢現在一無是處。

「我有看到你爺爺喔。」春城哥說。

男孩驚訝的看著他，「什麼時候?」

「你爺爺打敗了混沌的壞蛋，被白光接走，去當天使了。」

「混沌的壞蛋?」男孩停下哭聲。

「對了，我需要先確認一下。你還記得爺爺上禮拜做了什麼事嗎?」春城哥擔心張正元並沒有從混沌回來。

男孩把手上的玩具拿給春城哥看，是一個機器人，看起來很舊了，左腳和右腳明顯長得不同，像是拼湊的。

「爺爺撿到羅勃特送給我，它的腳本來是壞的，但是爺爺把它修好了。」

春城哥看著那個破舊的玩具，眼淚不自覺的流下，「他叫『羅勃特』?」

「對啊，爺爺說就是機器人的英文。我很喜歡羅勃特。」

男孩因為撿來的舊玩具感到快樂，春城哥擁有萬貫家財卻不滿足。

男孩再傷心也喚不回爺爺，春城哥卻只想利用人生跑馬燈去告白、打架。

不僅自私，而且愚蠢。

春城哥心中非常難過，跪了下來，「對不起。」

男孩疑惑的看著他。

春城哥痛哭流涕，男孩雖然也很傷心，還是拍了拍春城哥的背，試著安慰他。

春城哥感覺到男孩手中的溫度，格外溫暖。

「我以後會照顧你，不用擔心。」他抬起頭對男孩說。

男孩緊緊抱住春城哥，大聲的哭了起來。

番外完

後記

二〇二一年七月三十一日，我在高速公路上翻車了。

還記得到醫院之後，警察以為我坐的是副駕駛或是後座，因為以車體的毀損情況來看，駕駛人很可能身首異處。他知道我是駕駛，直叫我去買樂透，畢竟以受傷程度來說，我實在太幸運了。

翻車後最常被朋友問到的，除了買樂透之外，就是有沒有看到「人生跑馬燈」。就像電影裡的——死前會看見一生迅速地從腦海經過，但我實在不記得當時有沒有。

如果有的話，會是哪些場景呢？

如果有的話，是不是充滿後悔呢？

是不是後悔很多事沒做，很多話不敢說呢？

經過瀕死經驗的洗禮，才知道「希望」多麼珍貴。有很多人曾經、或是正在絕望的邊緣，離墜落只差一個念頭。他們等待希望，就算只是微小的一道光，都足以重燃信心。

我能做什麼呢？

寫下一個故事，告訴站在懸崖邊的人，一定有一雙手會接住你；告訴更多的人，如果想要給予勇氣和信心，只要張開雙臂，就能讓你愛的人，得到救贖。

「絕望的念頭」很公平地，在每個人的心中埋伏，當它開始蠶食鯨吞的時候，也許這個故事能夠帶來一些希望。

人的每個階段，都在等待一個故事：情竇初開時，等一個甜蜜的愛情故事；忿忿不平時，等一個絕地大反攻的復仇故事；想家的時候，等一個溫馨的兒時回憶；絕望的時候，等一個訴說希望的故事。

我想寫一個，你等的故事。

希望你能在讀完之後，偶爾想起片段，心中有一股溫暖，就會是我最開心的事。

寫作的過程很孤獨，所幸有恩志、Patricia Wang、Layla Lo實質的贊助，讓我有動力撐下去。董阿亨和julienne的讀後心得，也提供了非常多的幫助，由衷地感謝。

謝謝POPO原創，讓更多人能接觸到這本小說。

最後，感謝正在閱讀的你。

因為所有的故事都是在被閱讀之後，才產生價值。但願《我在每一次告白後死去》能在你心中，留下一些勇氣和溫暖。

By 何守琦 2022.02.06

國家圖書館出版品預行編目資料

我在每一次告白後死去 / 何守琦作 . -- 初版 . -- 臺北市 :
POPO 出版 : 家庭傳媒城邦分公司發行 , 民 111.04
面； 公分 . -- (PO 小說 ; 65)
ISBN 978-986-06540-9-7(平裝)

863.57 111003907

PO 小說 65

我在每一次告白後死去

作　　者／何守琦
企畫選書／林修貝
責任編輯／林修貝、吳思佳
行銷業務／林政杰
版　　權／李婷雯

網站運營部總監／楊馥蔓
副總經理／陳靜芬
總　經　理／黃淑貞
發　行　人／何飛鵬
法律顧問／元禾法律事務所　王子文律師
出　　版／城邦原創 POPO 出版　城邦原創股份有限公司
台北市中山區民生東路二段 141 號 6 樓
電話：(02) 2509-5506 傳真：(02) 2500-1933
POPO 原創市集網址：www.popo.tw　POPO 出版網址：publish.popo.tw
電子郵件信箱：pod_service@popo.tw
發　　行／英屬蓋曼群島商家庭傳媒股份有限公司城邦分公司
聯絡地址：台北市中山區民生東路二段 141 號 11 樓
書虫客服服務專線：(02) 25007718．(02) 25007719
24 小時傳真服務：(02) 25001990．(02) 25001991
服務時間：週一至週五 09:30-12:00．13:30-17:00
郵撥帳號：19863813　戶名：書虫股份有限公司
讀者服務信箱 email：service@readingclub.com.tw
城邦讀書花園網址：www.cite.com.tw
香港發行所／城邦（香港）出版集團有限公司
地址：香港灣仔駱克道 193 號東超商業中心 1 樓
email：hkcite@biznetvigator.com
電話：(852) 25086231　傳真：(852) 25789337
馬新發行所／城邦（馬新）出版集團 Cité(M)Sdn. Bhd.
41, Jalan Radin Anum, Bandar Baru Sri Petaling,
57000 Kuala Lumpur, Malaysia.
電話：(603) 90578822　傳真：(603) 90576622
email：cite@cite.com.my

封面設計／也津
印　　刷／漾格科技股份有限公司
經　銷　商／聯合發行股份有限公司
電話：(02) 2917-8022　傳真：(02) 2911-0053

□ 2022 年 (民 111) 4 月初版　Printed in Taiwan.

定價／ 300 元

 ISBN 978-986-06540-9-7